TAKE
SHOBO

お見合いから、リセット恋愛はじめます!

再会した元カレの甘すぎる求愛

玉紀直

ILLUSTRATION
yuiNa

蜜夢
MITSU
YUME

CONTENTS

MITSU YUME

イラスト／yuiNa

お見合いから、リセット恋愛はじめます！

再会した元カレの甘すぎる求愛

プロローグ

「少し、距離を置こう……」

そう言われたとき、とても優しい言い回しだと感じたのはなぜだろう。

見惚《みと》れずにはいられない相貌を歪《ゆが》め、沈痛な面持ちを見せる彼を見つめたまま天音《あまね》は考える。

理由はすぐに思いついた。仲のいい友だちが、一年つきあった恋人に言われたのだ。「もう一緒にいるのは無理だ。別れよう」と。

ストレートであるか、オブラートに包んでいるかの違いだとは思う。

けれど……意味は同じだ。

「距離って……、会わないって、ことですか……?」

天音の声は震えていた。

信じられなかったのだ。

あんなに優しかった大輝《たいき》が、いきなり別れを告げてくるなんて。

六歳年上の彼とは、天音が大学三年生のとき、父親に連れられて出席した二階堂グループの新年会で知り合った。その後何度か会い、バレンタインデーにチョコレートだけを渡して告白ができなかった天音の気持ちを悟ってくれたかのように、ホワイトデーに彼のほうから告白してくれた。

彼はとても大人で、天音が大学生のころも卒業してからも、その行動力で引っ張り精神的にもずいぶんと支えてくれた。

どんなときでも優しく包みこんでくれた人。そんな彼だから、初めてでも抱かれることに戸惑いはなかったのに……。

「そのほうがいい……」

大輝の表情は変わらない。本当はそんなこと言いたくないのでしょう？　と、問いかけてしまいたくなるほどつらそうにも見えるのに。

どうして、天音の心が砕け散ってしまいそうな言葉を口にできるのだろう。

――風が……吹き抜けた……。

それが実際の風なのか、それとも心の中を吹き抜けた風なのか、天音にはいまいち判断がつかない。

しかしその風は、徐々に彼女の意識をクリアにしていく。

（ああ……これは、夢だ……）

傍観する自分が、夢を認識したのだ。

これは、夢。ときどき目覚める前にみてしまう、過去の思い出だ。

その証拠に、この夢には背景がない。大輝は白い靄《もや》の中にたたずみ、ただ天音につらい言葉を吐く。

「元気で」

そう言い残し、彼は背を向けた。

元気……。元気で、とはなんだ。

こんな別れを告げられて、元気でなんかいられるはずがないのに。

引きとめる術もないまま、大輝の姿が靄の中に消えていく。完全に消えてしまいそうになる寸前で、やっと天音は残像に向かって叫んだ。

「いきなり別れるとか、わけわかんないから！　イケメンならなんでも許されると思うな！　大輝さんの……アホぉ‼」

——悔しいが、この夢を見た朝は寝覚めがいい。

きっと、頭に血がのぼった状態で目が覚めるからではないかと思う。

大きな目をぱっちりと開き、天音は天井を見つめる。カーテンの隙間やレールのかすかなあわいから漏れる朝の光が、天井をうすぼんやりと明るくしていた。

耳に心地よいかわいらしいさえずりは、最近ベランダに飛んでくるようになったスズメかもしれない。

爽やかな朝だ。

——目覚めるきっかけを除いては。

「……よっこいしょっと」

天音は二十五歳女子があまり人前で口にできない掛け声をかけ、むくりと起き上がる。

ハアッと息を吐いて片手でひたいをぺちぺち叩《たた》いた。

——また、大輝の夢を見てしまった……。

別れて二年。もう、忘れてもいいはずなのに……。

ちゃんとした理由も言わず、勝手に別れを告げた男のことなんて、忘れてしまったほうがいいのに。

彼を思いだすたび、いつもそう思う。——けれど……。

天音は膝をかかえてひたいをのせる。——忘れられるわけがない。

大輝のことが好きで好きで、好きすぎて、もうこれ以上好きになれる人なんて現れまいと思うくらいだった。

彼が天音を大切にしてくれるぶん、想いはどんどん深くなっていった。

彼が望んでくれたからこそ、つきあって一年目に、処女だった自分を捧《ささ》げることも迷いはなかったのに……。

なのに、あんな風に別れを切り出されてしまうなんて。

納得なんかできるはずがない。

ただ……心の表面でそう強がっていても、片隅では別れの原因を感じ取っている部分があって、そこが引き裂かれそうなくらい痛い。

「……大輝さん」

いつまでも未練を引きずっていては駄目だ。自分でもわかっているのに。

いまだに彼を夢にみる。

大好きだった人を失って二年。

もちろん、新しい恋なんて、できないまま——。

第一章　お見合いで元カレと再会しました

恋、というか、それに関連したものを意識的に避け、異性とは縁のない生活をして二年。

――それは、避けることのできない条件とともにやってきた。

「お見合い……、わたしがですか？」

大きな目をさらに大きくして、所沢《ところざわ》天音は確認をする。

はちふく銀行プラザ支店の支店長室。室内にいるのは天音と、応接テーブルを挟んだ向かい側で、ちょっと困った笑みを見せる支店長の船橋《ふなばし》のみだ。

この状況で切り出されたのだから、対象は天音以外いない。

それでも、確認せずにはいられなかったのだ。

天音はこの銀行で、窓口業務を担当するテラーとして日々頑張っている。客の現金を扱うテラーにとって、どんなにわかりきったことでも確認するということは、呼吸をするくらい自然で大切なものだ。

それを思えば今の確認だって、日々繰り返される仕事の習慣からしてしまった反応といえるかもしれない。

……が、予想外すぎる見合いの打診などをされたのだ。職業病でなくとも聞き返してしまうのではないか。

天音が船橋に呼び出しを受けたのは、交代で昼休みを取るため、店内から行内の廊下へ出たときだった。

業務後の〝締め上げ〟と呼ばれる閉店後の仕事が終わったあとでいいから、支店長室へ来てくれと告げられたのだ。

誰にも見られていないタイミングで、すれ違いざまに素早く言われた。

なんとなく秘密の香りが漂いそうな言いかただが、こんな呼び出しをするのも単なる船橋の気遣いでしかない。

みんなの前で支店長直々の呼び出しがあったとなれば、天音がなにか大きなミスをしたのかと勘繰られるだろうし、なんの話だったのと聞かれる可能性も高い。

仕事の話ならともかく、見合いをしないかなんて話をしたかったのであれば、こっそりと言ってくるのも納得である。

「あの……どうしてそんな話に……?」

なんと言ったらいいか迷う。実際この手の相談をされるのは初めてではないのだが、それを打診してきたのが船橋だというところがわからない。

天音は雰囲気がおっとりしておとなしく見えるらしく、窓口ではよく年配の男女に声をかけられることが多い。

口座開設やローン内容の案内などで親切にしてもらったからと、どこどこの息子さんを紹介したい、うちの孫のお嫁さんに、など言われることもある。

そのたびに、もちろんやんわりとお断りをする。言っているほうもいっときの思いつきで口にしていることが多いので、たいていあとを引くことはない。

かつて直接上司に申し出て話を通そうとした猛者もいたが、そのときにしっかりと対応してくれたのが、誰あろう支店長の船橋なのである。

その頼れる支店長が、なにゆえ見合いなどを勧めるに至ってしまったのか。

「実は、大口融資先の紹介と引き換えなんだ」

戸惑っていた天音の表情が固まる。

遠回しに言われるのもハッキリしなくていやだが、いきなり直球でこられるのも心臓に悪い。

「所沢さんは、今、うちの支店がどういった状況かわかっているね？」

「……はい、それは、もちろんです」

「うちは支店統廃合の候補にされている。支店がなくなれば、みんなはバラバラだ。派遣は切られるし、自主退職希望者が募られリストラが強行される」

「はい……」

しっかりとわかっているつもりでも、こうして支店長から直々に聞かされると、急に切羽詰まった大変なことのように感じてくる。天音は背筋を伸ばし、膝に置いた手を握りしめた。

　全国的に地方銀行の再編や縮小、統廃合が拡大するなか、はちふく銀行も例外ではない。

　小さな支店や営業所が統廃合候補にされるのは仕方がないとはいえ、それはほぼ名前だけの統合であり、実質的なリストラともいえる。

　そうならないためにも、プラザ支店では業績を上げるべく数ヶ月前から融資キャンペーンの拡大を行っているのだが……。

「営業や業務担当者ばかりではなく、君たちテラーや後方事務の面々だって、個人融資の獲得に一丸となって頑張ってくれている。うちの支店は、本当にチームワークがよくていい店だと思うよ」

「それは、支店長がみんなをまとめてくださっているからですよ」

「ありがとう」

　船橋はにこりと表情をなごませる。温厚で、部下の一人一人に気を配ってくれる支店長。この支店が上手くまとまっているのは、彼のおかげと言っても過言ではない。

　一度嬉《うれ》しそうになごんだ表情に、ふっと影が落ちる。柔らかな声のトーンは、重く変わって天音の耳に響いた。

「頑張ってくれている……。成果だって出ている。けれど、同じ状況に立たされている支店と比べると、一歩及ばない。……当然だ、他店だって、自分たちの店舗を残すために必死なんだから」

「そうですね……」

船橋が言うとおり、プラザ支店は本当に人間関係がいい。

他の支店の行員や一般企業勤めの友だちなどと話せば、セクハラだパワハラだ、上司が自分勝手で……という話題が出てくるが、天音は勤めてから一度もそんな不満を持ったことがないのだ。

チームワークがいい職場だからこそバラバラになるのはいやだと思うし、一人としてリストラの対象になどなってほしくない。

そのためには、支店を残すために店単位で業績を上げるしかないのだが……。

このご時世、個人融資を勧めるといってもそうそう増やせるものでもない。

「あの……大口融資とおっしゃっていましたが……」

天音はおそるおそる話を戻す。支店の現状を改めて確認させられてしまうと、この店のために見合いをしてくれと言われているのだとわかる。

天音が見合いをすれば、その大口融資先とやらを紹介してもらえるのだろう。

理解を示したので船橋は安堵《あんど》したようだ。どこか申し訳なさを残しながらも、声のトーンを上げた。

「先週末に出席した取引先との会食で声をかけられてね。その会社の副社長のお見合い相手にどうだろうって」

「でも、それがわたしでいいんですか？」

「先方が指定しているんだ。窓口にいつも座っている、髪の長いおとなしめのかわいい女の子。所沢さんのことだろう？」

プラザ支店には四つの窓口があり、ハイカウンターが三つ、ローカウンターがひとつ。そこに常駐しているのは、天音ともう一人のみ。

忙しいときにだけ、三つ目の窓口にバックオフィスからのヘルプが入る。

ローカウンターは口座開設や各種相談などに使用されていて、使用時以外に人が入ることはない。

テラーのもう一人、飯田結加《いいだゆいか》はかわいいというより美人タイプだ。天音はハーフアップのロングヘアだが、彼女はあごの線で綺麗《きれい》な内巻きを作るボブヘアである。

指定されたのは天音で間違いないだろう。

「副社長は三十一歳だそうだ。お見合いといってもそんなに堅苦しく考えないで、お茶でも飲みながらお話しする程度だと思ってくれたらいい」

「でも……お見合い……、ですよね？」

船橋は軽く言うが、お見合いのイメージといえば仰々しい和室で若い二人が差し向かい「ご趣味は？」とか質問し合う、どうも古臭いイメージが頭に浮かぶ。

昨今のお見合いはもっとライトなのだろうとは思うが、周囲にはお見合いなどというものを経験した友だちもいないので、よくわからない。

天音が難しく考えすぎていると感じたのか、船橋の説明に身振り手振りが加わり口調も宥《なだ》めるようなものに変わった。

「お見合い……なんだが、実をいえば、その副社長があまりにも結婚を考えない人だから お見合いを経験させて身を固めることを考えるきっかけにしたいんだそうだ。だから今回のお見合いは、上手くいくいかないの結果は問わない。とりあえず相手の機嫌が悪くなるようなことだけはしないでくれたらいい。初めてのお見合いでいやな気分になると、その後もお見合いを毛嫌いしてしまうだろうからね」

「……なんだかそれ……、結婚のためにお見合いをするというより、これからのお見合いのために経験させておきたい、……って感じですね」

頼んだほうにすれば、仮にも副社長の相手なのだから、もっとそれに見合った相手をあてがいたいのかもしれない。

けれど副社長はお見合いが初めてで結婚も頭にない人だ。もし気乗りしなくて気まずいまま終わってしまっては、お見合い相手側とも仕事上の支障が出るかもしれない。それに副社長がお見合い嫌いになってしまう可能性もある。

取引先銀行のごく普通の女の子なら、話がまとまらない展開になっても気にかけることもない。……というわけなのだろう。

「所沢さんは、相手の様子をみながら話ができる人だし、人の気持ちを荒立てない雰囲気がある。断ったとしても、先方の副社長が不愉快になることはないいんじゃないかと思うんだ」

……つまりは、ご機嫌をとってこい、ということだろうか……。

話を聞いているうちに、お見合いに行くというより、ご機嫌伺いの接待にでも行くような気分になってきた。

微妙な気分だが、そう考えたほうが気分は楽かもしれない。

大口融資がかかっていることだし、これは接待だと思ってニコニコしていればいいのではないだろうか。

会ってお茶を飲みながら話をすれば、この支店のためになる。天音は膝で握っていた手が汗ばんでいることに気づき、落ち着こうと大きく息を吸いこんだ。

「わかりました。お見合い、してきます」

天音が快諾すると、船橋はホッとしたのか少し身を乗り出す。

「ありがとう。よかったよ。私も切り出すのに迷っていたんだが……」

「この店のためになることなら、喜んでやります。ヘンな言いかたですが、仕事だと思って行ってきます」

そうだ、仕事だと思えばいいのだ。気が楽になる方便を見つけたせいか、天音の気持ちも楽になる。すると立ち上がった船橋がテーブルを回り、天音の横へやって来て膝にあった彼女の手を取った。

「ありがとう。本当にありがとう」

「し、支店長……、大丈夫ですよ、そんなに……」

船橋は心から感動しているようだ。ここまで感謝されるとは思わず、天音は少々戸惑う。

「所沢さんには、……お父さんにも本当に世話になって危機を救ってもらってばかりだ……。頭が上がらない……」

「そんなの大げさですよ。父もわたしも、仕事をしているだけです」

とはいえ父の話題を出されると切ないものがある。

天音の父親は、はちふく銀行でも一番大きな支店の支店長だった。二年前、不祥事の責任を取る形で失脚し、今は単身赴任で他社へ出向している。

そのとき同じ支店の副支店長だったのが船橋だ。

彼も連帯責任の対象者だったが、この小さな支店の支店長に収まった。

それも処分対象の部下たちが不利にならないようにと、天音の父の嘆願があってこそだったらしい。

そんなことがあるせいか、船橋も天音には特に気を遣って接していると感じるところがある。

「ところで、お父さんは元気かい？　特に変わった様子はない？」

「はい、月に一度は帰ってきます。すっかり単身赴任が板についちゃって、先月帰ってきたときにはハンバーグを作ってくれました。これが母より本格的で」

話が父の話題になったので、天音は声のトーンを上げる。

船橋はときどきこうして天音の父の様子を聞いてくる。処分対象だった部下を庇《かば》い守ったかつての上司が、一人だけ出向という処分になった。彼はそれを気にしているのかもしれない。

お見合いの話を脇に寄せ、二人はしばし単身赴任で料理の腕を上げた父のハンバーグの話題で盛り上がったのである。


その日のうちにやらなくてはならない大切な業務は終わっているとはいえ、まだ就業時間内である。

父の思い出話を続けたそうだった船橋の話を切り、天音は支店長室を出た。

最後にはなごやかな雰囲気にはなったものの、一人になって考えてみると、大きな仕事を任されてしまったのだと実感して緊張する。

お見合いに応じれば大口融資に繋《つな》がる。上手くいくいかないは問わないとはいうものの、相手が機嫌を悪くするようなことをしてはいけないという条件付き。もし天音がへまをして副社長の機嫌を損ねれば、融資の話はなくなるのだろう。

先方に了解の返事をしてから詳細を決めるらしい。勝手に決めてくるのではなく、こちらの返事を待ってくれるところは良心的だと思う。

(頑張ろう。窓口でお客様の相手をしていると思えばいいんだ)

お見合いなんて初めてだが、堅苦しく考えなくてもいい雰囲気なので、その点は気楽かもしれない。

「あれ？」

通路の先に目を向け、思わず声が出た。曲がり角の手前に、ウロウロする男性の姿が見える。

「……立野《たての》さん？　なにしてるんですか？」

天音が呼びかけると、足を止めた立野一樹《かずき》がこちらに顔を向ける。彼の前までいくと、ガシッと肩口を摑《つか》まれた。

「あっ……おまえっ、なんかやったのかっ？　大丈夫なのか？」

「は……い？」

立野はかなり焦った様子だ。天音はわけがわからず、ただ目をぱちくりとさせる。

「外回りから帰ってきたらおまえいないし、そしたら、支店長室に行ったみたいだって聞かされて……」

「あ、なんでもないですよ。わたしが担当した保険商品のお客様確認です。もう終わりました」

「なんだ、そうか……」

立野はホッと胸をなでおろす。船橋はあれこれ心配されないよう気を遣った呼び出しかたをしてくれたが、それを聞いて心配してしまう者もいたようだ。

立野は天音の二つ年上で営業担当である。入行当初、しばらくは融資や保険関係の勧めかたを教えてくれる先生でもあった。

いわば教育係だった先輩なのだが、心配性でなにかと天音に構ってくるのである。

「立野さん、わたし、そんなに信用ないですか？　支店長に呼び出されたくらいでそんなに慌てなくても……」

「あっ、ちゃうちゃう、呼び出されて心配したっていうか、外回りの帰りに課長がアイス買ってくれたんだ。いつまでも戻ってこなかったらアイスが溶けて泣くんじゃないかと思って心配しただけ」

「アイス……」

「おまえが好きな、ダッツの新作」

天音はキュッと眉を寄せ、立野の腕を引っ張った。

「は、早く言ってくださいっ。溶けたらどうするんですか。行きましょうっ。溶けてたら、立野さん責任とって新しいの買ってくださいね」

「おれ、悪くねーしっ」

文句を言いながらも、立野は天音に引っ張られて足を進める。アイスに心躍らせる天音の横に立ち、声をひそめた。

「所沢さぁ、仕事終わったら、時間空いてる？」

「今日ですか？　まっすぐ帰って、昨夜読みながら寝落ちした恋愛小説を読む予定なので、空いてません」

「ダッツのアイス、三日連続で差し入れる」

「空いてます」

ピタッと立ち止まり言い切ると、同じく足を止めた立野がぷっと噴き出した。

「飲みにつきあってくんない？　いつものとこ」

「またですか？　カウンターの女性に声をかけたいなら、わたしがいないほうがいいんじゃないですか」

「連れに女の子がいたほうが警戒されない感じなんだよ。彼女にも話しかけやすいし。頼むよ」

引っ張っていた腕を放すと、立野は両手を合わせて顔の前で立てる。

立野は、ちょくちょく天音を彼お気に入りのバーへ飲みに誘うのだ。それがロマンチックな理由ならまだしも、気になる女性がバーテンをしていて、話しかけたいからつきあってくれというもの。

お酒は強くないが飲食代は立野の奢《おご》り。メニューにある軽食も美味しいし、彼が目をつけている女性も気さくで話しやすい。それに、なんといっても〝先生〟が頭を下げて頼んでいるのだ。

それで、頼まれたときには立野に同行するのである。

「わかりました。じゃあ、アスパラとベーコンのペペロンチーノ食べさせてくれたら、ダッツの差し入れは一日分でいいです」

「このっ……ダッツ三日分より高くつくじゃねーか……。まぁ、いいや、ありがとうな、あまきゅんっ」

「なんですか、ヘンな呼びかたしないでくださいっ」

「若い女の子ってこういう呼びかたするんじゃないの？　かわいく『なんとかきゅん』みたいな」

「そんなネットスラングみたいな呼びかた知りません」

呆《あき》れ口調で笑いながら、二人は仕事へ戻っていく。お調子者なところはあるが、悪気のない、いい先輩なのである。


翌日早々に、お見合いが土曜日に決まったと告げられた。

十四時からなので土曜の朝から慌ただしくする必要もないかと思ったが、なんと振り袖を着ていくよう指定されてしまった。

お茶を飲んで話をするだけならワンピースでもいいだろう……と思っていたのに、予想外だ。

それでも仮にもお見合いと名のつくものなのだから、それらしくしたほうがいいのだろうと考え自分を納得させる。

幸い、成人式と初詣に着ただけの振り袖が家で眠っているし、ちょうどいい。

天音はそれを引っ張り出し、――土曜日当日、美容院で着付けてもらった。

その後、約束の時間に間に合うよう指定されたホテルへと向かったのである。

「うわぁぁ……」

タクシーがホテルの前に停まった瞬間、天音はそのホテルの豪華さに、おののきにも似た声をあげる。

正面入り口のドアは大きな曲面ガラスで、何人くらい横並びになって入ることができるのかチャレンジしたくなるほど。彫刻が施された支柱、土足で踏んでも怒られないか戸惑う天然石のようにつやつやとしたアプローチ。

きっとこのドアの向こうには、とんでもなく豪華なロビーが待ち構えているに違いないと安易に想像ができる。

そんなドアの前には、お城を守る外国の兵隊のようなユニフォームに身を包む、姿勢の正しいドアマンが立っている。天音が乗ったタクシーが停まったのを見て、ゲストだと悟ったのか素早く近づいてきた。

これはお出迎えというやつだ。そこまでしてもらえるほどのホテルだとは思っていなかったため、天音は慌てて支払いを済ませる。

「あっ、領収書、お願いしますっ」

仕事で来たのだと思うからこそ領収書のひと言が出てしまったが、名目上はお見合いになっている。もらってしまっていいものか……一瞬迷った。

それでもシッカリ受け取り、和装用の小さなバッグに入れたところでドアが開く。

着慣れない振り袖姿で動きもぎこちない。裾の狭さに不便を感じつつ両足をそろえて車から降りようとすると、目の前に男性の手が差し出された。

高級ホテルのドアマンは女性のエスコートまでしてくれるのだろうか。恐縮してしまうが、それでも手を貸してもらえるのはありがたい。

「すみません、ありがとうござ……」

その手に摑まり、お礼を言いながら立ち上がる。……が、天音の言葉は途中で出なくなってしまった。

「どういたしまして」

天音の手を必要以上に強く握り、まるで作り物のような秀麗すぎる笑みを浮かべたドアマン……。

いや、彼は、ドアマンではない。天音が見たドアマンは、視界の端に立っている。

「ほら、天音、こっちにこい」

グイッと手を引かれ、履き慣れない草履が勢いだけで動く。天音の手を取ったまま、二《に》階堂《かいどう》大輝はもう片方の腕で彼女の身体を自分の胸に押しつけるように抱きこんだ。

天音は息を吞《の》んで身体を固くする。心臓が痛いほど跳ね上がってから早鐘を打ちはじめるのに、脳はほんわりと陶酔しはじめた。

（……大輝さん……）

思考が上手くまとまらない。

動揺しているはずなのに、頭がそれを受け付けない。

身体によみがえる過去の感触。彼の腕、抱きしめられたとき、絶対に離すまいとするかのように身体を掴む手のひら、押しつけられた胸の逞《たくま》しさと、彼のスーツの香り。

忘れられなかった……愛しさ。

思わず抱き返してしまいたくなった天音だが、視界の端にまだドアマンの姿が映っていて、周囲に人がいる現実を確認する。

「あの……放して……」

小声で言いながら軽く大輝の身体を押すと、感じていた力強さが嘘《うそ》のように消え、彼が離れた。

こんなに簡単に離れるとは思わず、予想外な結果に残念がる自分を感じる。

「指定どおり、振り袖で来たんだな。相手の要望を汲《く》み取れるのはいいことだ」

タクシーが走り去ると、大輝がしげしげと天音を眺める。切れ長の綺麗な双眸《そうぼう》は鋭く力強さにあふれていて、ずっと見られていたら彼に支配されてしまいそうだと感じる。

振り袖の指定を知っているということは、もしかして今日のお見合いに彼が関係しているのだろうか。

お見合い相手は総合商社の副社長で、三十一歳。立場と年齢は大輝と同じだ。しかし、あらかじめ見せられていた写真の人物は、大輝ではない。

「あの……、どうしてあなたがここに……。それに、振り袖のこと……」

「ああ、振り袖を指定したのは俺だし、天音の見合い相手も俺だ」

「はあっ⁉」

天音は驚きの声をあげて目を見開く。あまりにも驚いてしまい、小さなバッグごと胸を押さえた。

「そんなに驚くな。船橋支店長に見合いだと言われているだろう」

「い……言われていますけど……、あなただとは……っていうか、聞いていた名前は、……に、二階堂さんではありませんし、写真も……」

いきなり現れた大輝を、なんて呼んだらいいかわからない。昔のように「大輝さん」と呼ぶのは図々しいかと苗字を使うが、彼のほうはさっきから昔のままに「天音」と呼んでくる。

先方は天音の顔を知っているというので不要とされたが、天音のほうは一応見合い相手の写真を見せてもらっている。記念写真を挟んでおくときに使用する二つ折りの台紙に、男性の全身が写ったものだ。

長身でスラリとしたスーツ姿。メガネをかけた優しそうな男性の写真だった。真面目そうで威圧感などとは縁遠く、穏やかなイメージ。

「……あなたとは……全然……違う雰囲気の人で……」

写真の男性を思いだしながら、大輝の姿を上から下まで眺める。

長身で精悍《せいかん》な三つ揃《ぞろ》えのスーツ姿。目力が強い威圧感のある雰囲気。見るからに強固で一筋縄ではいかないイメージ。……でも、惹《ひ》かれずにはいられない人。

目の前にいるのは、予想どころか考える選択肢にも入っていなかった人物だ。

「渡した写真は俺の秘書だ。昨年秘書が撮ったものが手元にあったので、とりあえずそれを使った。名前も秘書のものだ」

「ど、どうしてそんなこと……」

「俺の名前を出したら、おまえは来たか？」

答えようとして口を開きかけたものの、天音は言葉が出ない。

もしも、見合いの相手が大輝だと知らされていたら……。

彼に会いたい気持ちだけで仕事として会い、またそれっきり会えなくなれば、未練を未練で上書きするようなもの。そんなの、あまりにも惨めだ。……この場になんて、こられなかったかもしれない。

返事ができない時点で、答えたも同然。苦笑した大輝に「こっちだ」とうながされ、天音は彼のあとについて歩きだした。

一八〇センチを超える長身で足も長い彼は、当然歩幅も大きい。一方、天音は一六〇センチ近くあるが、着慣れない着物でおまけに草履。歩幅が狭いうえに歩きづらい。急がなくては彼についていけないだろう。

意識的に足を速めようとした天音は、ホテルに入る手前で彼と横並びになる。大輝のほうが意識してゆっくり歩いてくれているのだと気づいた。

（合わせてくれているの……？）

脳裏に浮かぶ思い出。つきあっていたころ、一度だけ一緒に迎えたお正月。張り切って振り袖を着た天音だったが、断然いつもより行動が遅くなることに焦りを感じた。

けれど大輝は、歩く速度も食事のペースも、すべて天音に合わせてくれたのである。

「……初詣のときみたいだな」

呟《つぶや》く声が聞こえて彼を見る。ちょっとなごんだ凛々《りり》しい眼差しに、胸を射貫かれた。

彼も同じことを思いだしてくれているのだ。共有できるものがある幸せが、天音の胸を温かくする。

「振り袖を着てくるように指定したから、あのときと同じものを着てくるといいなとは思っていた」

「違うものだったら、ガッカリしましたか？」

「というか、結構な確率で同じものを着てくるだろうなとは思った。初詣のとき、成人式用に用意してもらった振り袖だけど着るのがまだ二回目で、もったいないから独身のうちは機会があれば何回でも着ようと思ってるって言っていただろう」

「よく覚えていますね」

「天音のことだからな」

またもやドキンと胸が高鳴る。大輝が現れてから鼓動が忙しなくて、このまま収まらなかったらどうしようと思うほどだ。

ホテルの中へ入ると、礼儀正しいコンシェルジュの男性が大輝に話しかける。彼が足を止めたので天音も立ち止まり、話をしている隙に自分の着物を眺めた。

淡いピンクベースにエメラルドグリーンの配色。モダンな花柄がかわいらしい振り袖だ。久々に出してみて、二十五歳の自分が着るにはちょっとかわいすぎるかなと躊躇《ちゅうちょ》したが、着てよかったと思う。

同じものを着てくるといいなと思っていたということは、彼は天音のこの姿を見たかったということだ。

天音のことを、忘れないでいてくれたということではないか……。

「じゃあ、行くか」

コンシェルジュが後退し頭を下げたところで大輝に声をかけられ、天音は顔を上げる。返事を待たず彼が歩き出したので、天音もコンシェルジュに会釈をしてあとに続いた。

大輝は相変わらず歩調を合わせてくれる。彼が歩きづらいのではないかと思うが、恋人同士だった時期を思いだしてしまい甘酸っぱい気持ちになった。

エレベーターホールに向かっているところをみると、上の階にあるカフェかレストランにでも行くのだろう。

あとはコーヒーでも飲みながらお見合いのまねごとをすればいいだけだ。

しかしお見合いというものは、知らない者同士が顔を合わせて、お互いのことを知るために話をするのではないのだろうか。

考えてみれば今回の目的だって、結婚を考えない副社長にそれを考えるきっかけを作りたい、というものではなかったか。

話の流れから考えるに、船橋に天音との見合いを打診したのは大輝自身で、おそらく彼は自分がその副社長当人であることを隠して話を持ちかけている。

融資の条件を出せば、船橋も天音に相談せざるをえない。

……そんな面倒なことをしてまで、大輝はなぜ天音との見合いの席を設けようとしたのだろう……。

「あの……二階堂さん」

エレベーターのドアが開いたところで声をかける。二人の他に利用者はいないようで、大輝は天音の歩みが遅いことを気遣ったのかドアを手で押さえながら苦笑いをした。

「なんだ、さっきから堅苦しいな。昔みたいに名前で呼べ」

「できません……そんな……」

「いまさら、か？　それとも、……仕事で来ているだけ、だからか？」

どちらとも正しい。どちらかといえば、別れた人をそんな馴《な》れ馴《な》れしく呼んでいいのかという戸惑いが大きいのだが、ふられた身としては、それを言うのもなんとなく気が引ける。

天音は、いまいちハッキリとしない言いかたでお茶を濁した。

「副社長に……お見合いを経験させたいから、ってお話でした。支店長は、会食で話しかけられて打診されたって言っていたんですけど……。このお見合いが、そういった趣旨を含んでいるっていうのは、二階堂さんはご存じ……なんですよね?」

「知っている。船橋支店長に、テラーの所沢さんと見合いの手配をつけてくれたら、大口融資先を紹介すると持ちかけたのは俺だ」

エレベーターの中央で天音の足が止まる。

やはり、このお見合いは彼自身が仕組んだのだ。……どうして今さら……。

こわごわと振り向くと、大輝は操作盤の前に立ち階数ボタンを押す。ずいぶんと上の階を押したと感じた瞬間、ドアが閉まった。

「天音は、仕事のつもりで来たんだろう? タクシーでも領収書をもらっていたようだし、完全に仕事と割り切っているんだと感じた。融資の紹介がかかっていれば、慣れない着物も着るし知らない男との見合いにものこのこやってこられる。……二年前の天音なら、見合いなんて、速攻で断りそうなのに」

「……うちの支店……、支店同士の統廃合や縮小の対象店にされているんです……。正直、危ないんです……。だから、大口の融資契約がとれればみんなのためになるし……」

「百パーセント、下心あり、ってわけだ」

「下心って……。し、支店にとっては大切なことなんです……。大きな仕事を任された気分になるじゃないですか」

「今も、気持ちのうえでは仕事なのか？」

「え？」

振り返った大輝が天音に手を伸ばす。彼の顔に苛立ちの色が見えたような気がして、ドキリといやな心臓の高鳴りを覚えた。

焦りを感じるあまり反応が遅れる。天音はエレベーターのうしろの壁に肩から押しつけられた。

「融資のために、見合いと称し見知らぬ男と二人きりで会う。ニコニコしてご機嫌をとればいいんだと考えれば、接待だと思って割り切ることができる。──その気持ちは、相手が俺だとわかってても変わらないか？」

「……それは……」

「名前も呼べないくらいだ。……仕事の相手としか……、俺を見ていないということなんだろうな」

もしやの気持ちにとらわれる。……大輝は、天音に昔のような態度で接してほしかったのだろうか。

懐かしい恋心をくすぐられ、大輝に会えたのが嬉しかった天音のように、大輝も、こんな形でとはいえ元恋人に会えて懐かしさを感じてくれていたのかもしれない。

それだから、二人で行った初詣を思いだして話題にしたり、昔のまま名前で呼んだりしていたのだろうか。

しかし――。

昔別れた恋人に久しぶりに会ったからって、つきあっていたころのように親しげにしろというのは、無理ではないか。

おまけに、天音はふられた側なのだ。

いくら懐かしいとはいえ、そこに甘い期待など持てるはずがない。

むしろ、そんな期待は持ってはいけないのだ。持ってしまえば、この名前だけのお見合いが終わったあとまた傷ついてしまうだけだろう。

「……仕事だと、思っています……。支店長にも、しっかりやってくるように言われていますし……」

「そうか」

目的の階に到着すると、天音は大輝に肩口を摑まれてエレベーターを降りる。上階にあるカフェかレストランへ行くのだろうと考えていたが、そこに見えるのは一階エントランスの延長のような豪華な廊下だった。

毛足の長い絨毯《じゅうたん》に草履が引っ掛かりそうになりながら、天音はうながされるまま足を進める。先程までは歩調を合わせてくれていたが、今は無理やり引っ張られている感じだった。

もしかしたら怒らせてしまったのだろうか。船橋からは「副社長の機嫌を損ねないように」と言われている。天音自身が接待の覚悟で来ているのだから、気分を悪くさせてはいけないだろう。

「あの……怒っていますか？」

おそるおそる口にすると、前を見ていた大輝の視線がチラリと天音を一瞥《いちべつ》する。その視線に答えが見えた気がして、天音はゾクッと胆を冷やした。

「機嫌を悪くされると、困るのか？」

「……それは……、何事もなく終わるに越したことはありませんし……。融資先の紹介を受けるためである限り、やはり気にしなくてはいけないことなので……」

「それがわかっているなら、せいぜい俺の機嫌を取っておけ」

スーツのポケットから出したカードキーを通し、大輝は目の前のドアを開ける。背後でドアが閉まる音を聞きながら、天音は現状を把握できないまま足を進めた。

「あ……あの……、二階堂、さん……」

ここはホテル内の客室ではないか。部屋は広く造りも豪華なのでグレードの高い部屋なのだろう。

「ここは……あの……」

戸惑いばかりが口から出る。……もしかして……と、おかしな胸騒ぎがした。

その胸騒ぎを確定づけるかのように、続き部屋に入った瞬間、大きなベッドが目に入って足が止まりかける。

「あっ……！」

放るように肩を放された勢いで、天音はベッドの上にうつぶせに倒れこんだ。

とても心地よい感触が身体に伝わる。くつろぐつもりで寝転がったなら、きっと最高に気持ちのいいベッドなのではないか。

しかしどんなに良いものでも、叩《たた》きつけられるように倒れこんだのでは魅力も半減だ。おまけに着物の帯で身体を締められているうえ、着物用に体形を補正するための肌着も着けているので、よけいに腹部や胸が苦しい。

そんな状態で倒れたせいか、一瞬強く胸が詰まって、天音は反応が遅れてしまった。

「なにを……！」

振り向きながら身体を起こそうとする。しかしベッドにのってきた大輝に背中を押さえつけられ動くことができない。直後、帯をグイッと引っ張られた。

「ガッチリ着せられているな。初詣のときも、着崩れしないように着せてもらったから帯がきついって、笑っていたっけ」

「あっ……あのっ！」

「喜べ。そんなキツイもの、ほどいてやるから」

「に、二階堂さっ……！」

パタパタと跳ねるように動くのが精一杯の身体をひねり、天音は背後を確認しようとする。帯揚げがぐいぐい強く引っ張られる気配でわかるのは、うしろ姿をかわいらしく彩ってくれていた丸く膨らんだお太鼓が、大輝の手でほどかれているということ。

「な、なにして……！」

両腕をついて、できるだけ上半身を持ち上げる。腹部で帯がズルズルとずれ、押さえるまでもなく取り去られてしまった。

「協力的でイイ子だな。おかげで外しやすかった。いや、外してほしかったのか？」

「二階堂さんっ！」

焦るというより咎《とが》めるような声が出る。彼がなにを考えているのかわからない。からかっているだけにしても、悪ふざけがすぎる。

「ふざけるのはやめてください……！　わたし……自分で帯なんか結べませんから……」

「安心しろ。結ぶ必要なんかない」

大輝はにこやかにスーツの上着を脱ぎ捨て、ネクタイをグイッと緩める。首元をくつろげ、ふうっと息を吐いて、どこか狡猾《こうかつ》な笑みを浮かべた。

「帯の必要がないように、全部脱がせてやる」

「な……にを……！」

息を呑みながら出した声は引き攣《つ》り、いかにも、おびえていますと言っているようなトーンになる。

羞恥心を煽《あお》られゾクッとした怖さを感じたのは確かだが、おびえているというより、まだ戸惑いのほうが大きいのだ。

どうして彼が、こんなことを……。

身体が動かなかった理由は、大輝が片足で天音の太腿《ふともも》のあたりを押さえつけていたせいだ。帯がなくなっただけで身動きしやすくなった気がする。天音は身体を返そうとするが、やはり足を押さえられていると上手く動かない。

それどころか、身動きすればするほど脱がせようとしている彼の手助けをしているような気がするのだ。

伊達《だて》締《じ》めや腰ベルトも簡単に外され、振り袖自体を肩から下げられる。慌てて肩をすくめ両手を胸の前に寄せて脱がされるのを阻止するが、隙のできた腹部から腕を回され長襦《ながじゅ》袢《ばん》の伊達締めをとかれた。

「やっぱり補正具を着けていたか。色気がなくて萎えるから、さっさと取るからな」

「ちょっ……！」

補正具とは、着物姿を綺麗に見せるために胸部や腰部に着けるパッド状の道具だ。ようは身体の凹凸を抑えられればいいので、タオルなどを巻いて間に合わせることもできる。

そんなもの着けないで自然に着ていいんだよと着物を着慣れた友だちに言われたことがあるが、それができるのは自分で着付けができる人に限られる。お店などに着付けを頼むと、必ずといっていいほど補正が入るものらしい。

天音も胸の下からパッドを巻かれていた。それを外された瞬間、身体を締めつけていたものがなくなって解放感が生まれる。こんな状況であるにもかかわらずホッとするが、ここで楽になっている場合ではない。

はだけかけた肌着の襟元から、大輝の片手が入ってきたのだ。

「ぁ……やぁっ……！」

慌てて身を伏せたが遅かった。背後から軽く覆いかぶさってきた彼の手のひらは、シッカリと天音の胸のふくらみを覆っている。

おまけに天音が身体をベッドに押しつけてしまったせいで、彼の手はよりふくらみに押しつけられている。慌てて上半身を起こそうとしたが背中に圧し掛かられているのでそれが叶《かな》わない。

「だ……めっ、離して……くださ……」

「どうして？」

「だって……こんな……、どうしてこんなこと……」

「俺がお前を抱きたいからに決まっているだろう」

あまりにもストレートでハッキリとした答え。どう反応したらいいものか困ってしまう。うろたえるあまり身体の力が抜ける。そのタイミングを逃さなかった大輝に、身体をあおむけに返された。

身に纏《まと》うために押さえとして使われていたものをすべて取り去られた衣は、天音の身体に寄り添うことなく剝がれ落ちる。

力の入らない両手ごと衣をすべて開かれ胸を暴かれた。ムキになって隠そうと両手を動かしかけるが、大輝の片手に両手首をまとめられ頭の上で押さえつけられた。

「隠すな。見せろ」

「や……やめてくださ……」

「断る」

大輝のもう片方の手が天音のおとがいを捕らえ、視線を彼に固定する。

否定を許さない眼差しが天音を射貫き、重量のある声が息の根を止めにかかった。

「融資契約が欲しいんだろう？」

天音は言葉が出ない。最大の目的を目の前に提示され、それを叶える条件がこの行為であることは明白だ。

「俺は間違いなく約束を守れる。おまえが守ろうとする支店のひとつくらい、余裕で救える融資先を紹介してやろう」

見開いた目に涙が浮かんできた。嗚咽《おえつ》を漏らしてしまいそうな唇をキュッと引き結び、天音は大輝を見つめる。

大好きだった人……。別れを告げられても忘れられなくて、今でも天音の中で恋心をくすぐり続けている人。

そんな人と再会して、まさか辱められることになるなんて思いもしなかった。

こんな条件を突きつけられたうえで、たった一人、自分の身も心も許していいと思えた人に抱かれなくてはならないなんて。

目尻から涙がこぼれ落ちていく。胸が苦しくて、途切れがちな呼吸のせいで鼻が泣いたような音をたてた。

「泣くな……、天音」

大輝の唇が天音の目尻に触れる。こぼれそうな涙を吸い取られ、その優しげな仕草にまた涙が浮かんだ。

「おまえは、間違いなく支店を守れる」

そのために彼に抱かれなくてはならないのだろう。もう、自分にはなんの気持ちも持っていない彼に。

今になって、大輝がこのお見合いを仕組んだ理由に気づきはじめる。彼は天音を抱きたいと言った。今さらどうしてと思うが、過去に抱いて満足できなかった女をもう一度……、そんな欲望があったからではないのか。

「たとえ……それでなにかがあったとしても……、俺が――おまえを守る」

――自分を満足させるために天音を抱こうとしている。そうとしか思えないのに。

どうしてこの人は、こんなに優しい声をかけるのだろう。

大輝の強い眼差しから視線を外すことができない。彼を怖いと思う一方、見つめられて喜んでいる自分がいる。

「天音、目を」

大輝の顔が近づいたことで、彼がなにを言いたいのかはすぐにわかった。戸惑いつつまぶたを伏せていくと、固く結んだ唇をついばまれる。

彼の唇が触れるたび、身体が萎縮して肩がすぼまっていく。おとがいを押さえられていなかったら、顔を逃がしていただろう。

「俺とキスをするのはいやか?」

「そんなこと……ない、です……」

おそるおそる答えると、ゆるんだ唇のあわいから、ぬらっとした厚ぼったいものが侵入してくる。防ぐことをさせまいと、それは天音の唇を割り歯列を押し上げて、なすすべもなく固まっていた舌をさらった。

「ゥ……ンッ……」

舌をじゅるっと吸い上げられ、唇で食まれる。咀嚼《そしゃく》するように唇を動かされると、舌全体が痺《しび》れて口腔《こうこう》内がもどかしさでいっぱいになった。

「ふう……ハァ……ぁ……」

呼吸をしているだけなのに、唇の端から漏れる吐息が甘えた音を出す。舌を捕らわれ貪るように唇を吸われ、頭の中にぐるぐると刺激が走って唇どころか身体にも力が入らなくなってきた。

「あっ……ンッ、ぅ……」

思いだされるのは、恋人だったころの大輝がくれていたキス。初めて肌を重ねた日まで彼はキスしかしてくれたことはなかったけれど、優しくて情熱的なそれが、天音は大好きだった。

そんなキスをされるたび、心ひそかに、抱いてほしいと、口では言えない身体の火照りを感じていたのを覚えている。

「相変わらず、いい反応をする」

大輝が唇を離すのと同時に、おとがいを押さえていた手が胸へ下がる。片方のふくらみを手のひらで包みこむよう掴まれ、天音は小さく身じろぎして顔をそらした。

「あっ……」

口に溜《た》まっていた唾液が彼とのあいだで糸を引く。口腔内がずいぶんと潤っていたようだ。慌てて顔を戻すが嚥下《えんげ》を忘れた雫《しずく》が口の横から垂れて、大輝にクスリと笑われた。

「涎《よだれ》を垂らすほど、俺とのキスは気持ちがいいか?」

「そんっ……」

そんなことないと言おうとした唇がふさがれる。ジュウッと潤いを吸い取られる刺激で、上半身がわななないた。

「俺は……おまえとキスをするのがすごく気持ちいい」

「あ……」

何気ないはずのそんな言葉が天音を扇情する。大輝が自分を感じてくれることが嬉しい。

大輝の唇が天音の耳朶《じだ》を食む。耳殻で舌が暴れ、そのくすぐったさに肩をすくめた。

「ぁ、んっ……やっ」

胸のふくらみを掴んだ手は、その柔らかさを堪能せんとゆっくりと揉《も》み回す。ときどきキュウッと絞るように摑まれると痛感が小さな火花になって腰の奥に電流を流し、脚のあいだがむず痒《がゆ》くなった。

「ンッ……ん、やっ、二階堂さっ……ぁぁ……」

「……まだそう呼ぶのか……」

苛立ちを感じる声が聞こえてドキリとする。彼は名前で呼んでほしいのだ。

呼んでもいい……。むしろ、呼びたい。

くすぶりはじめた官能が、そうグズっている。

けれど、……恋心に負けて呼んでしまえば、またズルズルと彼に囚われてしまいそうで、思い切りがつかない。

逆の胸の頂に大輝のキスが落ちてくる。唇で包むように先端を擦り動かし、熱い吐息を吹きながら周囲の霞《かすみ》をくすぐった。

「あっ……ふぁっ、ん……んっ」

こそばゆいもどかしさのあまり腰が動いてしまう。恥ずかしいと感じる反応だが止めようがない。

「や……ぁぁっ、ハァ……あンッ……」

吐息すべてが甘えたトーンに変わり発せられていく。同じくこれも恥ずかしいが止められないのだ。

両胸の先端がジンジンしてむず痒い。自分で搔《か》いてしまいたいくらいだが、両手はまだ押さえられているし、自由だったとしてもそんなことはできないだろう。

「ぁ……あっ、ダメ……、胸、ぅウンッ……ん」

天音は苦しげに呻《うめ》いて頭を左右に振る。離してもらえない腕をもぞもぞと動かし身をよじった。

「胸？　どうした？　お気に入りのさわられかたでもあるなら、そういうふうにしてやるから言え」

「そ……そんなのな……ぃ……あぁっ」

「ハジメテのときだって、ここをさわられて感じまくっていただろう。挿れられるよりこっちのほうが気持ちよかったんじゃないのか」

カアッと頬が熱くなった。ハジメテのときは、確かに胸をさわられたほうが素直に感じられる快感になっていたと思う。

それを大輝に言われてしまうと、恥ずかしさと同時に申し訳なさが湧き上がってくるのである。

「あれから二年だ……。自分でさわっていたのか、さわってもらっていたのかは知らないが、ずいぶんと感度は上がったんだろうな」

「さわって、って……あぅっ……！」

気になる言葉を聞いた瞬間、わざと避けられていた胸の頂を大きく舐《な》め上げられ、天音はひくんっと腰を跳ねさせた。

「さわられてもいない乳首をこんなに硬くして、いやらしくなったものだ」

「やっ……あっあ……！」

乳頭をジュウっと吸われ、もう片方は指でつままれ揉みたてられる。痛痒いほどに疼《うず》いていたそこに刺激をもらって、毒のような快感が天音をむしばんだ。

「ひっ……あっ、ぁ、やっ……そこぉ、あぁんっ……！」

「好きだろう？　いや、この反応は、大好きだな」

「ダメェっ……やぁっ……」

大輝は舌で舐め回しちゅぱちゅぱと吸いたてる。揉みたてられて硬く尖《とが》った突起は指でぐりぐりと押しこめられて、手のひらで擦り回され、もてあそばれた。

「ああっ……ダメ……、そんな、に、しない、でっ……ぁぁん……」

胸いっぱいに広がる熱で、どんどん腰が重くなっていく。ずくずくっと刺激が走る場所から温かいなにかが広がっていく感触。

以前……一度だけ大輝に抱かれたときと同じ反応だ。

緊張ばかりしていて上手く快感を受け入れられなくて……、でも、彼がくれる愛撫はとても気持ちがよくて……。こんなふうに、下半身が蕩《とろ》けるような感覚に襲われた。

結果、本当に蕩けていたのだが……。

「とろっとろだな……」

脚のあいだを撫《な》でられる気配でハッとする。気がつけば摑まれていた両手は離され、大輝の手はショーツの上から両脚の微妙なあわいをさまよっている。

しっとりと潤った布を、指先が面白そうに掻いていた。

「よっぽど気持ちよかったのか。上も下も涎でべちゃべちゃだ」

「そ、そういう言いかた……」

「気持ちよかったからこうなっているんだろう？　違うのか？」

「……恥ずかしい……です」

「恥ずかしい、か。おまえみたいな見た目清純タイプが言うとそそられるな。わざとか？　誰に教えてもらった」

「なにを……」

「しょっちゅう一緒に飲みに行く男もいるらしいし、この二年で、ずいぶんと男慣れしたんじゃないのか」

「飲みに、って……」

あまりの言われように、天音は顔を歪める。大輝に別れを告げられて、ショックのあまり恋をするどころかそんな気にもなれなかった二年間。

いったいどうやって、男慣れなどできるというのか。

しょっちゅう一緒に飲みに行く男とは立野しか思いつかないが、彼には天音に対しての下心はない。

天音から手を離し、片膝を彼女の両脚のあいだについて膝立ちになった大輝が、ネクタイを外しウエストコートを脱ぎながら彼女を見おろす。

「いい眺めだ。堪らないな」

「み……見ないでくださ……」

着物や襦袢は腕に通ったままだが、前はすべて開かれている。おまけにまだ昼間だということもあって照明などはなくても寝室は明るい。当然、天音の痴態は余すところなく大輝の目に入るのだ。

「断る。気が済むまで見せてもらう」

「気が済むまでって……」

ずっと頭の上で押さえられ無駄に力を入れていたせいか、両腕がひどくだるい。身体を隠したいのに上手く動かせなくて、天音はまるで棒にでもなってしまったかのように軋《きし》む腕を少しずつずらして身をよじる。

「そうか、これが邪魔だな」

「きゃ……ぁっ！」

大輝が一気にショーツを足から引き抜き、自分のシャツと一緒にベッドの外へ放る。

着物で身体を隠そうとしていた天音の手を取り袖から抜くと、彼女をころころっと転がして襦袢類ごとまとめて身体の下から抜いてしまった。

「天音が感じた汁で着物が濡《ぬ》れたら大変だろう？　今でさえ垂れそうなのに」

「そんなっ……」

転がされ、ずれた身体を腰から引き戻される。ささやかな抵抗で左へ身をよじり身体を横向きにすると、右手を取られて大輝の手と一緒に足のあいだに挿しこまれた。

「ほら、自分でさわってみろ。垂れそうだろう?」

横向きになった天音に覆いかぶさり、大輝は彼女の指に自分の指を添えて、ぐちゃりとした温かい泥濘《ぬかるみ》の中へもぐりこませる。

まるでピアノの鍵盤を叩くように彼が指を動かすと、天音の指も柔肉の狭間で指にまとわりつく液体を掻いた。

「あっ……や……」

「思った以上に垂らしていたみたいだな。そんなに気持ちよかったのか」

「やめて……くださ……」

感じた証しが脚のあいだを濡らしていた自覚はある。それでも、ショーツを濡らしてしまうほど、おまけに手のひらですくい取れるのではと錯覚するほどあふれているとは思わなかった。

手を押さえられたうえで指を動かされるので、天音の力では到底外すことができない。指に感じるたくさんの愛液は、大輝を感じて身体が反応したもの。

彼に身体をさわられて悦んだ、天音の気持ち。

それなのに……。

「やめて……、お願い……しま……」

——どうして、こんな……。

密着する大輝の肌に反応しているのか、一緒に動く指に反応しているのか、秘部はさらにぬかるむ。

どう考えても天音の身体をいたぶりたいだけの行為なのに、どうしてこんなに反応してしまうのだろう。

「おねが……ぃ……」

わかっている。

どうしてと自問しても、天音にはわかっているのだ。

大輝を忘れられなかったから。

今でも、みじめったらしく未練を引きずっているからだ。

今も、大輝が好きだから……。

——好きでいたって……、もう、どうすることもできないのに。

「セックスは久しぶりか？　それとも、いつもヤってる男が下手なのか」

「そんな人……いません！」

天音は泣き声になって叫んだ。

もう耐えられなかったのだ。抑えこんでいたはずの恋心を引っ張り出されて、そのうえで、まるで男遊びを謳歌《おうか》していたかのような誤解を受け蔑まれて……。

なによりも、彼にそんなふうに思われてしまうことが、心を引き裂かれそうなほどつらかった。

「二階堂さんが……なにを言っているのかわからない！　わたしは……一人の男の人しか知らない！」

天音の指を動かしていた大輝の手が止まる。

まるで悲しさが自虐心を連れてきたかのよう、天音は自暴自棄になって叫んだ。

「抱きたいなら、さっさと抱いてください！　好きなようにしてください！　そうですよ……気持ちよかった……貴方にさわられて、すごく気持ちよかった！　当然でしょう、好きだった人に……今でも好きな人にさわられて、気持ちよくないわけがないんです！」

蜜床から天音の手を開放し、大輝はその手を摑んだまま彼女をあおむけにする。眉を寄せて険しい表情をする彼は、怒っているようでもあるが焦っているようにも見えた。

凛々しい人なだけに、こういう顔をするととても怖い。

天音の両目から涙がぽろぽろこぼれていくが、怖いからなのか悲しいからなのか自分でもわからなかった。

「あまりにもわたしが子どもすぎて突き放されたけど……忘れられなくて未練たらたらでみじめだしみっともないけど、……それでも、恋をしている人に求められて感じないわけがないじゃないですか！　心も身体も、大輝さんを忘れられなくて……、ずっと……、なのに……！」

「天音！」

名前を呼ばれたのに、まるで「黙れ」と怒鳴られたように感じる。すぐに大輝の唇が悲しみを吐き出す天音のそれに強く重なり、言葉を遮った。

貪るように食いつかれ、天音は空いているほうの手で大輝の胸を押す。その手も彼にとられ、指を絡めて顔の横へ置かれた。

涙が止まらなくて胸が苦しい。キスのせいで呼吸がままならなくて、天音は終始苦しげに喉を鳴らした。

「ンッ……ぅう……んっ」

けれどもそれも、どこか甘えたトーンで響く。大輝のキスがだんだんと優しく、彼女を慰めるようなものに変わってきたからだ。

「天音……」

大輝の唇が頬をついばむ。まぶたに移動し、目尻から涙を吸い取った。

「泣くな……」

「無理……です……勝手に、出る……」

なぜか大輝の声が優しくなったように聞こえる。それを感じて、また涙があふれてしまうのだ。

彼は今、どんな顔をしているだろう。怒っているだろうか。声から考えるに、呆れた顔をしているだろうか。それとも困っているだろうか。

怖くて目が開けられない。天音はそのまま言葉を続けた。

「……大輝さんが……満足できなくていやだった、っていうのは……理解しています……。わたし、ハジメテだったし……、痛がって泣いちゃったし……。別れたの、それから間もなくだったし……」

慰められ、気を遣われて終わった初体験だった。大輝がしてくれる愛撫《あいぶ》は気持ちよかったし感じることはできていたけれど、挿入されてからは、ただ彼にしがみついていることしかできなかった。

「二回目なら、痛くないと思うし……。だから、……好きなだけ抱いてください……。満足できるかはわかりませんけど、でも、そうしたいなら……かまいませんから」

身体の相性が悪い。彼はそう思ったのかもしれない。

趣味も合うし話も合う。一緒にいて楽しい。常々「俺と天音は相性がいい」と言ってくれる人だった。

けれどひとつだけ、相性が合わないものができてしまった。

大輝はなんでもできる完璧主義の人だ。この先も恋人同士でいるのなら、身体の相性はとても大切なこと。

それが合わない。彼は、ひどく幻滅したに違いない。

きっとそれが、別れを考えるきっかけのひとつになっている。――もうひとつ大きな原因もあるのだが……。

「大輝さんがそうしたいなら……わたし……」

「目を開けろ、天音」

大輝に抱かれることを受け入れる言葉を遮るように声をかけられ、ピクッと肩が震える。天音は、おそるおそる目を開いた。

話しているうちに、いつの間にか涙は止まっている。彼女の瞳はクリアに大輝を映す。

「やっと、大輝さんって呼んでくれたな」

……少し、嬉しそうにはにかむ大輝を……。

「あ……」

それを映した天音の瞳が、またもや温かな潤いで満ちる。しかし今回はぽろぽろ流れるのではなく、雫を一筋光らせて終わった。

視界が喜んでいる。

大輝のこんな顔、もう二度と見られないと思っていた。

「本当に、このまま二階堂さん呼びのままだったらどうしようかと思っていた」

握っていた天音の右手を口元へ持っていった大輝が、彼女の指に舌を這《は》わせる。一本ずつ口に含み、手のひらまで舐め上げた。

「あ……あの、大輝さ……」

天音は慌てて手を引こうとする。右手は先程まで秘部にあてられ、自分の蜜を掻き混ぜていた手だ。

指にはベッタリとその痕跡があるだろう。

「駄目です……、あの、付いているから……」

「ああ、天音が俺を感じてくれた証拠でいっぱいだ」

抵抗虚しく、彼は指の股にまでしっかりと吸いついてくる。おたおたしている間にすべて舐めつくされてしまった。

「俺がもらうのは当然だろう？」

「でも……」

「というわけで、全部もらうぞ」

天音の手を放し、大輝は身体の位置を下げる。両脚を大きく開かれ、あっと思った次の瞬間、秘部に官能的な刺激が落ちた。

「あっ、や……、ダメっ」

天音は思わず肩を浮かせて視線を下げる。そこには、膝を立てて大きく開いた彼女の脚のあいだに顔を埋める大輝の姿があった。

「大輝さっ……あっ……！」

大輝はまるで柔らかく熟れた桃の実を唇で食むように優しく吸いつく。彼の吐息が熱くて、その刺激だけでも潤沢な蜜液があふれ出てくるようだった。

「ふっ……ん、んっ……ダメ……そんな、とこ……」

「甘いよ。想像していたとおりだ」

「やっ、うそ……、あっ、あ」

初めて抱かれたとき、大輝は恥ずかしがる天音に気を遣ったのか秘めた部分に唇で触れることはなかった。しかしたとえ二度目でも恥ずかしいことに変わりはない。

それでも予想外に官能的な刺激に見舞われ、天音はやめてと言うことができない。

「あんっ……やっ、ヘン……」

大輝の舌が秘溝を丹念になぞっていく。まるでそこに溜まる蜜をすべて舐め取って、綺麗にしようとしているかのよう。

彼は全部もらうと言っていたので、もしかしたら本当にそのつもりなのかもしれない。

他のことにはたとえようのない感触だ。快感をくれる軟体は、蜜をあふれさせる泉の口を探りぴちゃぴちゃと音をたてはじめる。

「あっ……やっ」

思わず大輝の頭に腕を伸ばすが、その前に彼の両手が天音の乳房をもてあそび始めた。

「あぁんっ……！」

遊ぶようにふくらみを撫でて揺り動かし、そろえた指の腹で尖り勃った先端を転がす。

軽く触れられるそのタッチがまたくすぐったくて、じれったくて、気持ちがいい。

「ぁっ、あ……や、くすぐった……ぁ、ンッ……」

ただでさえ下半身が鮮烈な刺激に見舞われているというのに、胸にまでもどかしい快感が満ちてくる。天音は腰をひねり、伸ばしかけていた手で大輝の腕を摑んだ。

腰の奥が熱い。ググッとお尻のほうから圧迫され、弾けるように脚のあいだに温かいものが広がった。

「素直だな……まだあふれてくる」

いきなり大きくじゅるっとすすり上げられ、その刺激でまたもや温かな潤いが蜜泉をあふれさせる。大輝はそれをすすっては嚥下し、まだまだ足りないと言わんばかりに舌を躍らせた。

「いっ……いぁっ、あぁっ！　そんな、しちゃ……あっ、あ！」

柔らかく動く舌からもらっているのだとは思えないほどの快感。天音は大輝の腕を摑んだ手に力を入れる。天音の反応をものともせず、彼の指は相変わらず赤く熟れた突起をいじり、じれったい疼きを与え続けていた。

「あぁん……大輝、さん……ダメェ、そこ……あっ」

「吸っても吸ってもあふれてくる。これは困ったな」

彼の声はまったく困ってはいない。それどころか喜んでいるようにも聞こえる。とうとう大輝の舌は蜜口に挿しこまれ、中の蜜を掻き出すように動きだした。

尖らせた舌が出入りし、表面を撫で、吐き出される蜜をさらっていく。

蜜口での戯れは、だんだんと膣《ちつ》の奥を熱くしていく。疼きに負けてお尻に力を入れると蜜孔が収縮してピクピクと震えた。

「どうした、我慢ができないか？」

「あっ……ンッ、わからな……ぃ」

我慢できないとは、どの状態だと思えばいいのだろう。全身がムズムズするこの感覚は、まだ〝我慢できない〟の域ではないのだろうか。

もどかしいものが溜まって、すでに弾けてしまいたい欲求に苛まれているのだが……。

「わからせてやる。天音がイクとこ、見せてくれ」

「え、イ……クって……、あぁっ！」

いきなり強い電流が下半身に流れた。一瞬痛みさえあったそれは、すぐに愉悦へとすり替わっていく。

「あっ……や、あぁ……」

大輝が小さな秘珠を唇でつついている。ちゅるっと吸っては舌先で嬲《なぶ》り、宝物を守る包皮からえぐり出しては押し潰した。

「や……あぁっ、そこっぉ……！」

敏感な快感の塊は、ストレートに大輝の愛撫を受け取っていく。じっくりと舐められ、吸いたてられ、天音は腰を痙攣《けいれん》させ電流のように流れてくる快感を弾けさせた。

「やぁあっ……！　大輝さっ、助け……てぇ……あぁっ――！」

悲鳴のような嬌声《きょうせい》だった。

ガクガクと足が痙攣し、一瞬意識がふわりと浮きあがる。肌の表面がカッと火照って大輝の腕を握る手のひらがじわりと潤んだ。

「天音……」

胸から手を放した大輝が、ずり上がり天音を抱きしめる。

「すごく暴れたみたいにぐちゃぐちゃだ」

クスリと笑って大輝は天音の髪を撫でた。綺麗に編みこまれ花の髪飾りをつけていたのに、今は乱れに乱れその影もない。申し訳なく思ったのか、彼は申し訳程度に引っかかっていた髪飾りを取り、乱れて頬についた髪を払ってくれた。

「イクときに俺に助けを求めてくれるなんて、かわいいな、天音は」

「それ……は……、ハァ……」

咄嗟《とっさ》に口から出てしまったのだ。弾け飛んでしまいそうな自分を、大輝なら助けてくれる。そんな甘えがあった。

「……ごめん、なさい……」

「どうして謝る？　悪いことじゃない」

抱きしめる腕に力をこめ、大輝は耳元でささやく。

「助けてやる。俺が」

彼がどういった意味で言ったのかはよくわからない。けれど、天音はとても安らいだ気持ちでいっぱいになる。

「待っていろ」

そっと天音をその場に寝かせ、大輝は身体を起こす。ズボンのポケットから小さな包みを出すと、それを唇の端に挟み、下半身も裸になった。

それがなんであるかを悟り、天音は彼が全裸になる手前で目をそらす。

あれは避妊具だ。初めて抱かれたとき、一度だけ実物を見た。

また大輝に抱かれるのだという実感がひしひしと湧いてくる。もう二度と会えることもないと思っていた人に、また抱いてもらえる。

でも今度こそ、本当に最後の最後だろう……。

（大輝さん……）

胸が苦しい。けれど、それ以上に身体が期待に火照っている。

「天音」

脚が軽くなる。顔を向けると、大輝が最後にどうしても残ってしまった足袋を脱がせてくれていた。

靴下のようなものではあるが、しっかりと形がついた袋の中に足を入れているので少々窮屈だ。解放感が嬉しくて足の指を動かすと、大輝に親指の付け根を撫でられた。

「鼻緒の痕がついている。……無理をさせて、悪かった」

「いいえ、そんな」

強引に引っ張られた場面もあったが、大輝はほとんど天音に合わせて歩いてくれていた。無理をさせたというのは、振り袖で来るように指定したことだろうか。

天音の両脚のあいだに身体を入れ、大輝が覆いかぶさってくる。彼の瞳に見つめられて髪を撫でられると、心がほんわりとして気持ちがいい。先程達した余韻がよみがえってくるようだ。

「二人で初詣に行ったとき、振り袖を着て来てくれた天音があんまりかわいくて、……本当は、ホテルに直行したかった」

「えっ、そ、そうなんですか？」

いきなりのカミングアウトに戸惑う。なんとなくそんな雰囲気は感じていたし、天音も「もしかしたら……」などと考えてはいた。

けれど結局はいつものキスどまりで終わってしまったので、自分は着物姿でも子どもっぽくて大輝にそういう気になってもらえないんだと落ちこんだ。

どうしたら大人っぽくなれるんだろう。彼好みの女性になりたい。彼が抱きしめたまま放せなくなるような……と悩んだのだ。

「でも……かわいすぎて……、手が出せなかった」

「はぃ？」

「いきなり誘って、天音が泣いてしまったら、とか、……そんないやらしいことを言う大輝さんなんか嫌い、とか言われたら……と考えて……」

「え……ええっ？」

冗談でしょう、と言葉が出かかり、寸前で止める。つきあっているときも大輝は常に天音をぐいぐい引っ張っていってくれる人で、アイスクリームのフレーバーで悩んでも大輝の一言であっという間に決まってしまうような、発言に影響力のある人だった。

それなので、彼がそこまで考えて悩んでいたなんて……信じられない。

（それも、わたしに嫌われるかもしれないと思ったなんて……）

ドキドキと高鳴る胸が自惚《うぬぼ》れを連れてくる。あのころの彼に、天音が思う以上愛されていたのでは……と。

下半身が密着し、先程まで唇や舌で快感の洗礼を受けとろとろにされた部分に、熱い屹《きつ》立《りつ》の気配を感じる。

ドキリっとした次の瞬間、ぐにゅっと自分の一部が大きく形を変える気配がした。

「あっ……ぁ！」

咄嗟に破瓜《はか》の痛みを思いだし、悲痛な声が先走る。しかし狭窄《きょうさく》な部分を押し広げられる感覚はあるものの、思い出と比べるとさほど痛みは感じない。

「痛いのか？」

天音を見つめて、大輝の動きが止まる。

「……びっくりした、だけです……」

苦笑いをして小声で言うと、大輝がちょっと嬉しそうに笑んだ。

彼の屹立は、天音の様子をみながらずぶずぶとめり込んでくる。胎内を大輝でいっぱいにされていくのを感じながら、天音は身体の横でシーツを摑んだ。

本当は大輝に抱きつきたかったが、それをしてもいいか迷ってしまったのである。

「んっ……ぅンッ」

する。

隘路《あいろ》が、刹那拒むように窄《すぼ》まるが、すぐに受け入れてもいいものだと悟って柔らかく変化
　ゆっくりと押しこまれる際に発生する、圧迫感と異物感。侵入してくるそれを警戒する
　そこを狙って、大輝はじりじりと腰を進めてきた。

「きついが……、すぐいい感じにほどける……。ここが、俺を覚えてくれているのかな？」

「そ……んな……、あっ、あ……」

　おどけて言ったのだろうと思い笑おうとするが、前進してくる彼自身をもっと意識しろとばかりに腰を横に振られ、新鮮な刺激に蜜窟が反応する。

　それが嬉しかったらしく、大輝は一度止まってぐるっと腰を回した。

「あぁあっ、あンッ……！」

　ビクビクと下半身が震え、反射的に両膝が立つ。内腿から膝をモジモジと動かすと大輝の腰を挟んでしまい、まるで彼に悪戯を仕掛けているようだ。

「かわいいな、天音は。ほら、もっと俺を思いださせてやる」

　様子をみながら進んでいた熱い塊が、思い切ったように挿しこまれる。挿入にハッキリとした摩擦感が生まれ、天音はぶるっと腰を震わせた。

「あぁぁんっ……！」

　びっくり箱のように飛び出してきた愉悦に驚いて、内腿が固まる。

　予想外の動きをした熱塊を止めようと隘路が狭まるが、それは彼を締めつけ煽りたてた

だけだった。

「嬉しいのか？　そんなに締めたら、抜けなくなるぞ」

「やっ、やぁ……んっ」

根元まで深く大輝を迎え挿れ、その深さゆえに生じる充溢感《じゅういつ》に身じろぎすると、恥骨同士が擦り合わさってまた違う愉悦が生まれる。

自分の中をいっぱいにしている熱棒から官能の電波が発せられているようで、蜜窟の中からじんじんとした疼きが全身に回っていった。

「あぁ……ぁふぅ、ンッ……」

大きく吐いた息が悩ましさを孕《はら》んだあえぎに変わる。こんな声を出してしまうのは恥ずかしいが、自分では止められない。

「天音、舌を出せ」

言われるがままに口を開ける。舌は差し出す前に搦《から》めとられた。

「ンッ……ふっぅ、ゥン」

舌をちくちくと吸い舌先を甘噛みされると、口腔内が甘く痺れる。おへその奥がむず痒くなって、蜜洞がざわざわと蠢《うごめ》いた。

「あぁっ、駄目だ……。動くぞ」

堪らないと言わんばかりに呟き、唇を重ねたまま大輝はゆっくりと腰を使いはじめる。

「んっ、んん、ぁっ、ハァ……」

その感触を楽しむかのように、まったりと雄芯が蜜壺《みつつぼ》を掻き混ぜる。疼きが悦びに変わり、内側から火照る熱が白い肌を桜色に染めた。

肌の表面にじゅわっと熱が走り、全身が潤う。胸のふくらみを摑まれ、柔らかく揉みこまれた。

「すごく柔らかくて気持ちのいい肌だ……。汗かいた？」

「あ、……ごめんなさ……」

「謝らなくていい。興奮したからだろう？　いいことだ。天音が興奮しているんだって手に取るようにわかるから、俺もゾクゾクする」

「そんな……わかるなんて……、あっ、あ……」

「わかるんだ。……ほら」

蜜襞《みつひだ》を絡めて堪能していた熱塊が、一定のリズムを持って抜き挿しされる。スライドするたびに掻き出される蜜汁が、ぐちゅぐちゅと淫音をたてる。

快感の潤いは止まることを知らず、泡立つほどに流れ出てお尻のほうまで濡らしているのがわかった。

「あっ、ぁ、やっ……あぁん」

「挿れる前にイってくれたから、ナカがすごく柔らかくて……よけいに気持ちがいい」

「ンッ……大……輝さぁ……ぁあっ！」

「もっと、一緒に気持ちよくなるか？」

「き……てっ、あっぁ、ダメェ……」

熱した蜂蜜の中に放りこまれたような、ぐずぐずした疼きが止まらない。大輝が動くたびに気持ちよくて、彼を包む淫路ごと蕩け落ちてしまいそう。

「天音……」

上半身を起こした大輝が天音の両脚を腰にかかえ上げる。彼女の腰を摑み、ぐりっと最奥をえぐり取るように突きこんだ。

「あっ……！　あぅっん、や、オクぅ……！」

反射的に背を弓なりにし、あごを反らせる。刺激に耐える上半身を支える両肘がぶるぶると震え、体勢を崩す勢いで大輝に激しく突きこまれた。

「あぁっ！　あっ、ンッ！　ひっ……そんな、に、あぁぁっ……！」

「イイよ、すごくいい感じだ。もっともっとってねだられているみたいで」

勢いをつけて出入りする男根は鋼のように固く、柔らかな媚壁《びへき》をガシガシと擦り上げる。またそれが信じられないくらい気持ちがいいから、天音ももうどうしようもない。

「大……輝、さぁ、あっあ！　ダメ……ダメェっ、そんなに、しない、でぇ……あぁんっ！」

「無理だ。天音が、こんなに感じてくれているのに……」

「あぁあんっ……！」

大きく揺さぶられ、ぱしゅんぱしゅんと秘部が打ちつけられる音がする。身体の上でふたつのふくらみが支えもなく揺れ動き、大輝の視線を誘惑した。

「天音……天音……」

冷静な彼らしくないほどに急いた様子で天音の名を呼び、目の前で揺れ動く両乳房を摑む。ぐるりと揉み回し、快感に腫れる先端を指でつまんで擦りたてた。

「ダメ……ですぅ、そんなに、しちゃ……あっ、ヘンに……へんになっ……あぁっ！」

激しく突き上げられるたび、快感で肌がゾクゾクする。胎内に溜まる愉悦が、花火のように弾けたがっているのがわかった。

「俺も……ヘンになりそうだ……。天音がこんなに感じてくれるなんて……、最高だな」

「大輝さぁン……あっ、あぁっ……！」

ハジメテのときのような緊張感がないせいなのか、それとも大輝が仕事として遠慮なく抱いているせいなのか、抱かれるという行為がこんなに感じるものだとは思わなかった。

二年前、大輝は腫れ物にでもさわるように、大切に大切に天音を抱いた。

それなりに気持ちはよかったけれど、痛みも大きくて。おそらく大輝は満足できなかっただろう。天音は、ずっとそのことを気に病んでいた。

「大輝さんの……好きなように……シて……ぇ……」

「なにかわいいこと言ってるんだ……」

恥らいつつも大胆な発言をする天音に煽られ、大輝はさらに抽送を激しくする。

柔軟な鏃《やじり》でぐりぐりと蜜壁を穿《うが》ち、角度を変えては我が物顔で蜜窟を荒らした。

「おまえは俺のものだ……。わかったな、天音」

「大輝さ……たいきさぁん……ああっ！　ダメ、ダメェ……身体、ヘンに……あぁっ！」

「おまえを抱くのも……守るのも……、俺だけだ……」

激しい突き上げにお腹が破れてしまいそうだ。ぐじぐじに熱くなった蜜洞を擦り上げ、蕩けるほどの摩擦を与えられる。

「ほら天音、イけ……」

「や……ああっ……たいきさ……んっ、助け……あぁんっ――！」

突き上がった衝動が頭で弾け、全身を包む。身体が固まり下半身がぶるぶると痙攣した。

「くっ……なんっだ……」

苦しげに呻いた大輝が直後達したらしく、ぶるっと腰を震わせる。少し止まって大きく息を吐いてから、何度か軽く動いた。

「……天音は……ヤバイな……」

眉間を絞り、大きく息を吐いてはゆっくりと腰を動かす。蜜路が小さく痙攣しているせいか、彼の大きさがまだハッキリと身体に響いてくる。

「大輝さ……ハァ……」

頭がぼんやりする。力を抜いたら意識がどこかへ行ってしまいそう。

「天音……」

大輝がゆっくりと身体を重ねる。しっとりと快感に潤った彼の肌を感じて、天音はドキドキした。

同じく合わせた胸から、彼の速い鼓動が伝わってくる。天音を感じて満足してくれたのだろうという気持ちが伝わってくるようだった。

「天音……。すぐシたくなるから……、そんなに煽るな……」

「あ、煽ってなんか……」

「この……無自覚が……」

ひたい同士がコンッと打ちつけられ、ほんわりとした幸せに包まれる。

なんだか、恋人同士だったころに戻ったみたいだ。

凛々しい瞳が優しく天音を見つめる。うっとりとその眼差しを受け止め、彼のくちづけに応じた。

――大輝は、満足してくれただろう……。

それでいい。

子どもすぎる自分のせいで、彼を満足させてあげられなかったとかかえ続けていた気がかりは、これでなくなる。

たとえ今日限りのことでも、彼に抱かれてよかった。これで、きっと少しずつでも大輝のことはいい思い出にできるだろう。

天音は再び大輝への想いをそっと胸の内側へ隠し、しばし、彼とすごせるこの時間に陶酔した。

翌日の日曜日。

天音は、大輝を想ってすごした。

未練たらしいかもしれないが、最後に一日くらい浸ってもいいだろう。そう思えたのだ。

実家の自室で、パジャマの延長のような部屋着姿でベッドに寝転がり、壁に目を向ける。

そこにはやや薄手のベルベット生地で仕立てられた、上品でかわいらしいワンピースがハンガーにかけられている。

これは昨日、大輝が天音にプレゼントしてくれたものだ。

振り袖で来るように指定していた彼だが、最初から天音を抱くつもりでいたらしい。振り袖を脱がせればそのあとが大変ということで、彼女のサイズで下着からワンピースまで一式を用意していたのである。

用意周到というか、実に彼らしくて笑ってしまった。

母には、会社の人の代理で取引先の人の結婚式に出るからと言って振り袖を持ち出していた。

着物を着ていったはずの娘が洋服で帰って来たら驚くところだが、そこは、式場で汚されてしまい、その相手がクリーニングをして返してくれる予定だとごまかしたのである。

クリーニング後に返してもらえるというのは嘘ではない。汚してはいないが乱暴に剝ぎ取った責任を感じているのか、大輝がそう申し出てくれた。

どうやって返してくれるのかはわからないが、もしかしたらもう一度くらい会えるかもしれないと胸が騒ぐ。

「……調子いいなぁ……わたし」

天音はふっと笑って天井を向く。約束は果たした。着物はおそらく、人づてに返されて終わりだろう。

「大輝さん……」

名前を呼んで目を閉じると、幸せな気持ちが降ってくる。両腕を抱きしめて身を縮めると、昨日彼に抱かれた感触がよみがえってくるようだった。

彼は満足してくれただろう。これで……支店は救われる。

それでいい……。

大輝への想いを仕事について考えることで抑え、天音は胸の痛みに耐える。

最大の悩みはなくなったのだから、これから少しは、恋というものに前向きになれるだろうか。

そんなことを、無理やり考えながら……。

第二章　結婚前提、ってどういうことですか？

「所沢天音さんと、結婚を前提としたおつきあいをお願いしたい」

……なにを言っているんですか……。

週明け月曜日、業務終了後に呼び出された応接室で、そう言いたい気持ちでいっぱいになりながら天音は目の前のソファに座る大輝を凝視した。

応接室には天音と大輝、そしてヘンに緊張している船橋の三人しかいない。

緊張もするだろう。大輝は融資の件で船橋に会いにきたらしい。おまけに現れた〝副社長〟は見合い写真の人物ではなく、見合いの見返りに融資を打診した本人……。

その本人が、融資の話はもちろん、見合いにもいい返事を持って上機嫌で現れたのだ。驚き戸惑いもするだろう。

うろたえるあまり船橋は大輝の前に立ったままだ。上司が立ちっぱなしなので、当然天音も直立したまま大輝と向かい合っている。

彼は今日も素敵だ……。

上等な三つ揃《ぞろ》えのスーツに逞《たくま》しく見栄えのいい体躯《たいく》を包み、長い脚の膝で組まれた両手の指は男らしく長く綺麗《きれい》で……。

二階堂大輝という男性が纏《まと》うオーラのせいか、古い合皮製のソファがあたかも中世の貴族様が座る椅子のように豪華に見えてしまう。

そんな男性が凛々《りり》しい艶声《イケボ》で「結婚」などという言葉を発しているのだ。おまけに彼は現在進行形で天音にとっては恋い焦がれる人。

普通なら驚きつつも喜びでいっぱいになるはず……なのだが。

（なんだろう。なんの嫌がらせなの？　それともからかってる？　動揺するのを見て楽しみたいの？　まさか、また身体の関係を持ちたいから融資を盾につきあえとか言うんじゃ……！）

天音の思考はどんどんねじ曲がる。とうとう大輝を相手の弱みにつけ込んで女性をもてあそぶ悪党にしてしまった。

（……いくらなんでも……そこまでズルくないでしょう……）

先週末は融資先の紹介を盾に、身体を開かれた。……けれど、彼は最後までズルかったわけじゃない。

天音の気持ちをくみ取ってくれたし、優しかった。

彼に満足してもらえればいい。最後の思い出に、彼を感じることができれば嬉《うれ》しい。天音はそう割り切って大輝に抱かれた。

もう会うこともないだろうと思っていたのに……。

「いやあ、よかったね、所沢さん。二階堂さんが直接足を運んでくれるほど気に入ってくれたなんて」

「いえ、それは……」

上機嫌の船橋を前に天音はひるむ。というか、手のひらを返されたように感じて戸惑いが大きい。

船橋は天音に、副社長の見合いの練習につきあうつもりでと言っていたではないか。気に入られてこいとは言われていない。

だが見合いを打診してきた大輝自身が現れたことで、彼が天音を気に入っていたから見合いをさせろと言ってきたのだと思っているだろう。

見合いの練習相手であろうと、本当の見合いであろうと、大型の融資先を紹介してくれる彼の機嫌を損ねなければいいのだ。

「船橋支店長にはお世話をかけました。騙《だま》していたようで申し訳ない」

「とんでもありませんよ。二階堂さんのような方に当行の行員を気に入っていただけるなんて。ですが、私から言うのもなんですが当行の女の子たちはいい子ばかりで」

「船橋支店長が行員思いなのは存じておりますよ。例の件も先方は了承済みです。明日にでも担当者から連絡が入ることでしょう」

「おそれいります」

船橋は深々と頭を下げる。例の件とは、大口融資のことだろう。

「ところで、天音さんの今日の仕事は終わっているのですよね？」

大輝の視線が天音に向けられドキリとする。彼が仕事用の顔を作っているせいもあるが「天音さん」などと呼ばれると変に白々しさを感じてしまう。

「よければこれからお話をさせてもらいたい。私が一方的に言っても仕方がないことだし、天音さんの考えも聞きたい。食事でもしながら、ゆっくり……」

「仕事のほうは大丈夫ですよ。本日は問題なく終了しておりますし。なあ、所沢さん」

「は……はぃ……」

大輝の問いかけに張り切って答えてしまう船橋は、天音に断る隙を与えない。たとえ隙があっても断るなんて許されない雰囲気だ。

大輝はいったいなにを考えているのだろう。二年前にふった女を大口融資を餌に抱いたあげく、今度は結婚を前提にと言いだした。

結婚もなにも、天音は二年前にふられているのだ。

仮に大輝がつきあいたいと言っても、そんなことは大輝の立場上許されない。二階堂家が許さないだろう。

不祥事を起こした父親を持つ娘など、日本屈指の総合商社である二階堂グループの跡取りにふさわしくはないからだ。

天音が子どもっぽすぎたとか、父のこととか、別れを告げられた原因はいろいろと考えることはできるが、二階堂家に牽制《けんせい》されたのが一番の原因だった……。

「では私は駐車場でお待ちしています。私の車はおわかりかと思いますが、迷わないよう車の前で待っていますので」

大輝が立ち上がると船橋はにわかに慌てた。

「外でなんてそんな。こちらでお待ちください。所沢さんも帰り支度が済んだらここに……」

「いえいえ、外で待っていますよ。なんといっても……」

言葉の途中で大輝は天音に顔を向け、それはそれはおだやかな微笑みを見せる。

「ここから二人で出て行っては、行員の方に二人で並んで歩いているところを見られてしまうでしょう。天音さんが気まずい思いをしたらかわいそうだ」

なんという心遣い。同僚に冷やかされるだろう予想をしたうえでの配慮。イケメンオーラ出しまくりの顔でそんな気持ちを見せられて、心が揺るがない女性がこの世の中にいるだろうか。

現に船橋まで、大輝の言動に「男性として素晴らしい配慮」と感動を見せている。

……だが、天音にとってこの微笑みは恐怖だ。

(な……なにを考えてるの……この人……)

大輝の気持ちが読めない。なぜ天音に、こんな態度をとり続けるのか……。

「それでは天音さん、お待ちしておりますよ」

立ち上がった大輝に合わせて天音も立ち上がる。大樹を見送ろうと動いた船橋が「所沢さん、用意をして」と急かした。

ひとまず従うしかない。天音は最後に応接室を出て帰り支度をするべく更衣室へと向かう。

わけがわからないまでも、もう会うことはないだろうと踏ん切りをつけたはずの大輝が会いにきてくれたという事実が、天音の鼓動を高め続けていた。

（なんだろう、なにが狙いなんだろう。まさか、本当にシたいだけとかなんじゃ……）

悶々《もんもん》としつつも更衣室で帰り支度をする。ポンッと肩を叩《たた》かれ「ひっ！」と声が出ると同時に身体が跳び上がった。

「え？　えっ？　そんなに驚かないでよ～。こっちがびっくりするっ」

言ったわりにはさほど驚いたふうでもない。むしろニヤニヤしながら天音の背後に立っていたのは、同じテラーの結加だ。

年齢は二十三歳で天音より年下なのだが、彼女は高校卒業後に入行しているので職場では先輩なのである。

天音が入行したとき、歳が近い女の子が入ってきたことをとても喜んでくれた。先輩後輩やら同僚やらというより、友だちといったほうが近い。

「支店長に呼ばれたんでしょう？　なんだった？　なんかあった？」

「あ、うん……。父の話を聞かれてた」

「またぁ？　支店長、好きだよね～、天音のお父さんの話」

「元上司だし。気にしてくれてるんだよ」

「それだけかなぁ……」

「え？」

何気なく聞き返して結加に顔を向けるが、彼女は鼻歌交じりに自分のロッカーを開いている。釈然としないものが胸に残るものの、話は終わっているのを悟って天音は支度を続けた。

「で？　帰りはデート？」

「な、なな、なんでっ？」

虚をつかれて動揺してしまった。制服を脱ぎかけていた結加の手が一瞬止まり、アハハと笑いながら着替えを続ける。

「なに～、丸わかりだよー。だってメイク直しがいつも以上に丁寧だもん」

「えっ⁉」

ビシッと指を差された瞬間、天音は両手で頬を押さえてロッカーの鏡に見入る。言われてみれば、確かにいつもの帰宅時よりファンデーションもシッカリ塗っているし口紅も濃い気がする。

これは……無意識のうちに大輝の前に出る自分を飾ろうとしていたということなのだろうか……。

「なんだなんだぁ？　聞いてないぞ～。もしかして立野君？」

「それは違う」

間髪どころか秒速で否定したせいか、一瞬キョトンとした結加だがすぐにアハハと笑いだす。

「否定早っ。立野君かわいそう。……あんまり思ってないけど」

「あ、いや、早すぎたかも……だけど、違うし。……ってか、結加、ひどっ」

「あははっ、でもさぁ、しょっちゅう一緒に飲みに行ってない？　立野君一生懸命誘ってくるよねぇ」

「あれは、わたしがダシにされているだけだから……」

「ダシ？」

「そう、ダシ」

「なんだかわかんないけど、まぁ、いいかぁ。立野君みたいな男に、天音はもったいないもんね」

なかなかに厳しい評価を下す結加は、なぜか立野をあまりよく思っていないように感じる。特になにかあるわけではなく、生理的に無理、というやつなのかもしれない。

ただ、入行当時はあまり嫌っている感じもしなかったので、どこかの時点でなにか結加の気にさわることを彼がしてしまったのだろう。

「天音みたいないい子はね、もっと頭のいい男に捕まるべき」

「高評価ありがとうっ」

結加に手を振って、天音は「お先に～」と更衣室を出る。話題に出たついでに、昼に外出した立野の姿をそれっきり見ていないことを思いだした。

銀行としての業績を上げるために内勤も気をもむことが多くて大変だが、外回りの多い営業はもっと大変だろう。

そう考えると、息抜きの〝ダシ〟に使われてあげるのも思いやりだと思えてしまうのである。

銀行の裏手にある小さな駐車場はすでに銀行は閉店していることもあり、営業者の横に、こんな所に停まっていてもいいのかと不安になりそうな大輝の高級車が見えるのみだ。

天音が迷わないように車の前で待っているとは言ったが、これでは迷いようもない。車だけでも目立つうえ彼のような男性が立っていると、まるでモーターショーのモデルでも見ているようだ。

(こんな素敵な人なのに……。どうして今さらわたしに関わろうとするんだろう……)

ビルとビルの境目にある目立たない駐車場でよかった。表通りから見えでもしたら人だかりができてしまう。

立ち止まって大輝を眺めていると、彼が先に声をかけてきた。

「天音、こっちだ」

親しげに呼ばれてにわかに焦る。誰かが見ているわけではないにしろ、見られたら大変だという気持ちがあるからかもしれない。

天音は早足で大樹に近づき、彼の前で立ち止まって会釈をした。

「お待たせいたしました。二階堂様」

「ん？」

険のこもったトーンにドキリとする。喉を鳴らしただけにも思える声なのに、明らかに不信を持たれたのがわかる。

彼を「二階堂様」と呼んだせいだ。しかし、こんなわけのわからない状況で、あの夜のように甘えるわけにはいかない。

「あの……いいお返事をいただけたのは光栄ですが……、いささか、理解に苦しみます。……なぜ、こんなことをされるのか……。わたしは、大口契約の紹介を受けるために……」

「受けるために抱かれたと、まだ言うつもりなのか？」

半分顔を伏せたまま、おそるおそるうなずく。大きなため息が聞こえ焦燥が募った。

「別れたあとも、俺を好きでいてくれたんだろう？　喜んでくれると思ったんだけど？」

カアッと頬が熱くなった。あたかも別れたあとに男遊びをしていたのではないかという彼の扱いが悲しくて、勢いで彼への想いを口にしてしまった。

馬鹿にされなかったのは嬉しかったし、そのあとは天音の気持ちに応えるように優しくなった。けれど、天音の気持ちを知ったから今回の見合い話にいい返事を持ってきたというのなら、よけいに彼の気持ちがわからない。

「……あなたをまだ好きだってわかったから……、好きなようにできるって考えたんですか？」

「なに？」

再び険がこもる。しかし今度は言いたい言葉が喉まで上がってきているせいか、おののく余裕はなかった。

天音は顔を上げ、大輝を真正面から見据える。

「からかいたいだけなら……やめてください……。フラれたのに……二年もたっているのに、まだあなたへの未練を引きずっているとわかって……面白いのはわかります、でも……！」

鼻の奥がツンとして、涙が出番待ちをしているのを感じる。引っ張られそうな嗚咽《おえつ》を堪えるために、天音は顔を伏せて大輝を視界から外した。

「こんなの……ひどいです……。融資のお話を持ち出して……、こんな扱いを受けるほど……わたしは……あなたに蔑まれているんですか……」

先日の夜で終わったものなら、いい思い出として心に残ったのに。天音の気持ちを知ったうえで結婚を前提に交際を進めたいなどという申し出は、二人が別れた原因を考えれば本気であるはずがない。

融資を盾に取った、興味以外のなんだというのか……。

視界が翳《かげ》り、誰かが目の前に立った気配がする。顔を上げて視界に入った見覚えのある背中に、驚き見開かれた目から涙がこぼれた。

「失礼ですがお客様、当行の行員になにかご用ですか」

立っていたのは立野だった。鞄《かばん》を持つ手を横に出して天音を庇《かば》ってくれている。肩を上下させ息が少々上がっているということは、もしや天音が客になにかクレームをつけられていると思って駆けつけたのではないか。

「当行の？　……ああ、君は……」

大輝はなにかを思いだしたように呟《つぶや》き、クスリとかすかな笑みを漏らしたあと、悪気のない清々しい声を出した。

「すまない。天音が泣きそうになっていたから誤解をさせてしまったようだ。ただの痴話《ちわ》喧嘩《げんか》だよ」

「痴話っ？」

いかにも親密な仲でございますという態度をとる大輝に、立野も驚いたようだ。それ以前に天音にそんな相手がいるなんて微塵《みじん》も思ってはいないだろうから、驚きも倍増だ。

驚いたのは天音も同じだが、同時にカアッと顔が熱くなってしまい、そんな見られたくない瞬間を、振り向いた立野に見られてしまった。

無言で真っ赤になっていれば恥ずかしがっているのだと思うほかない。立野は気まずそうに大輝を見てから、再度天音を見て「ごめん」と謝った。

そんな彼に、大輝は頼もしい態度で応える。

「こちらこそ、こんな場所で申し訳ありません。ですが、同じ職場の仲間が困っているのかもしれないと悟ってすぐに駆けつけてくれるなんて、素晴らしいですね。天音はよい同僚に恵まれている」

「あ……いえ、恐縮です」

戸惑いつつも立野の腰は低い。営業で各社の役職に会うことも多い彼は、大輝から漂う特別感に気づいているのだろう。

すると大輝は自分の名刺を取り出し、立野に差し出したのである。

「二階堂と申します。怪しい者ではありません。あなたの大切な同僚をいじめていたつもりはありませんのでご容赦を」

「いいえ、そんな、ご丁寧に……ぇ……?」

名刺を受け取った立野は小さく疑問を発した直後、それを凝視する。慌てて自分の名刺を取り出し両手で差し出した。

「失礼いたしました二階堂様。営業の立野と申します」

「ありがとう。覚えておきます」

立野は驚いたことだろう。いきなり、二階堂グループの副社長が目の前に現れたのだから。

営業で培った丁寧なお辞儀をした立野は、そのまま天音の前から身体を横に移動させ「失礼いたします」としっかりした口調で言って踵《きびす》を返した。

立野が使っている営業車が駐車場の出入り口にエンジンをかけたまま放置されている。戻ってきて天音を見つけ、急いで降りてきたのだろう。

「あんなに必死になって庇いに出てくるなんて、いい同僚だな」

大輝に背中をポンッと叩かれ、そのまま車へとうながされる。助手席に乗ってから窓の外を見ると、車を定位置に停めた立野が駐車場を出て行くところだった。

「本当に、いい同僚だと思っていますか？」

大輝が運転席に座る。彼はエンジンをかけてから口を開いた。

「疑うのか？」

「名刺を渡す必要は……なかった気がします。あれじゃ、まるで……」

「そのとおり。牽制したんだよ。口を出すな、割りこむな、──天音に、おかしな誘いをかけるな、ってね」

やっぱりと思いつつ大輝に目を向ける。彼は車を発進させ前を向いたまま口を開く。

「彼だろう？　よく一緒に飲みに行くのは」

「どうして……」

「見合いをする女性のことを調べるのは当然だ」

「……誤解がないように言っておきますけど、立野さんの本命は別にいて、わたしはその人に会いに行くダシに使われてるだけですから」

「ダシ？」

「バーテンダーさんなんです。すごく綺麗な人で、シェイカーを振る姿がかっこいいんですよ」

「その人に会いに行くのに、天音が一緒に？」

「そうです。女の子が一緒のほうが話しかけやすいから、って。立野さん、行くたびに彼女にプレゼントを渡してアプローチしています」

「プレゼント……ねぇ」

ポツリと呟き、大輝は無言になる。再会した夜、彼は天音には一緒に飲みに行く男がいると、さも男遊びをしているような言いかたをした。

なぜ飲みに行っていることを知っているのか不思議だったが、あらかじめ天音の行動を調べていたようだ。

「まあ、いい。ひとまず食事に行こう。レストランを予約してあるから」

「食事……ですか？」

「ああ。……そうか、天音は実家暮らしだったな。夕食の用意で家族にご迷惑をかけるようなら……」

「あ、いいえ、母は今日から父の所へ行ったので、しばらくは一人で……」

「一人？」

「はい、母にはくれぐれも面倒くさがらずご飯だけはしっかり食べるようにと……」

料理はそれなりにできるので心配はないが、自分だけのために作るという行為をあまりしたことがない。銀行で大輝に会うまでは今夜はなにを食べたらいいだろうと悩んでいた。

家族のために作るときはメニューが決まるのも早いのに、自分だけとなると考えるのも面倒になってしまう。一人暮らしで自炊をしている人はすごいなと感じてしまった。

それなので食事に行こうと言われたとき、食事で悩まなくて済むとズルい気持ちが湧き上がった。悩みが解消した笑顔で彼を見ると、信号待ちで顔をこちらに向けている大樹と目が合う。

大輝は……少し嬉しそうに、……目をキラキラさせていた……。

「ひ、一人だからって、家に帰さなくてもいいとか、そういうことは考えないでくださいよ⁉」

反射的に強い口調で言って、わずかに身をドア側に寄せる。そんな天音を見て不思議そうにした大輝だったが、信号が変わって前を向いてから「あ」と短い声を発した。

「そうか、そういうことか、天音」

「なにが……ですか？」

「おまえ、親がいないことをいいことに、俺がホテルにでも監禁すると思っているんだろう？」

「監、きっ……！」

そこまで想像力は及んでいなかった。せいぜい朝帰りになっても構わないだろうと大輝が考えているのでは……くらいだったのだが……。

「おまえの気持ちを利用した俺が、融資先紹介の話を餌におまえを好きなようにもてあそぼうとしている、と思っているだろう？　だが、そんなつもりはない」

「本当……ですか？」

「正直、抱きたいとは思っている」

「ひっ！」

さらに身体がドア側に逃げる。素直すぎる本心のあとに、大輝は懐疑的にならざるをえない言葉を発した。

「おかしなことを考えていると疑うなら、天音の許しがない限りホテルに引っ張りこむようなことはしないって約束する」

「え……？」

「信じてくれるか？」

「それは……あの……」

「天音は、結婚の話を進めたいといった俺の言葉が嘘《うそ》だと思っている。それどころか天音をからかいたい、融資紹介を盾にもてあそんでやりたいとズルい考えを持っているひどい男だから、そんな非常識で非人道的な話をしにきたのだと思っている」

「さすがにそこまでは……」

言いすぎだ。そこまで鬼畜な人だとは思っていない。

「結婚の話、本気で言っているとは、思ってくれないのか？」

声が真剣みを帯びる。それだけで空気が張り詰めた気がして、天音は居住まいを正し大きく呼吸をしてから慎重に口を開いた。

「わたしは……二年前に、大輝さんにふられています……」

「ん？」

「それなのに、またおつきあいをしたいようなことを言われても……。それも結婚を前提に、なんて、信じられるわけがありません。だいいち……」

続きを口にする前に言葉を止める。続けなければよかったと後悔がよぎるが、遅かった。

目指していたレストランの駐車場に入った大輝が車を停め、シートベルトを外して「さあ、話せ」とばかりに天音に身体を向けたのである。

「万が一にも……大樹さんが望んでくれたとしても……、ご家族が……大樹さんのご両親が……許してくれませんよ。……二年前のことを知っている会社の方々だって……。二階堂グループに損害を与えた銀行の支店長の娘なんて……」

最後が早口になる。早く言いきってしまいたい言葉だったから。しかし言いきるより早く天音のシートベルトを外した大樹が、彼女を引き寄せ抱きしめた。

「大っ……」

「言わなくていいし、気にしなくていい。すぎたことだ」

「そういうわけには……。それに、大輝さん……約束が違いますよっ」

驚きつつも天音は大輝の胸を押し返し、身体を引こうとする。このくらいで彼が離れてくれるとも思えなかったが、離れようとしているのはわかってほしかった。

「なんの約束だ」

「な、なんですか、ついさっきですよ。舌の根も乾かないうちに……。わたしが許さない限りおかしなことはしないって……」

「俺は『ホテルに引っ張りこむようなことはしない』と言っただけだ」

「似たようなものです」

「全然違う」

腕の力が増し、彼の力強さに狼狽《ろうばい》する。天音も彼の胸を押す手に力を込めるが、それ以上なにもできないまま密着するに任せた。

「それに俺は、別れると言った覚えはない」

しかしこの言葉には驚きしかない。とっさに彼を押し返すことも忘れ精一杯顔を上げてしまった。この距離感なので当然だが、目と鼻の先に大輝の顔があって息が止まるほどドキリとした。

「しばらく距離を置こうと言っただけのはずだ」

「……同じ……ことです」

「同じじゃない」

「同じです」

「距離を置いてしばらく会わなくなるだけと、心まで断ち切ってしまう別離と、どこが同じなんだ」

「それは……！　だって……！」

反論しようとするのに、言葉が出てこない。口はパクパク動いても肝心の声が出ないのだ。

それなら、なぜ距離を置こうなんて言ったのか。ずっと連絡もなにもくれなかったのはどうしてか。いきなり見合いなどをセッティングして、いかにも気に入ったからおつきあいしたいという立場を作るのはどうしてなのか。

別れたつもりはないというのなら、こんなまどろっこしいことはせず、直接天音の前に現れればよかったではないか。

「別れたつもりもフったつもりもない。だが、……こうするまで時間がかかりすぎた……。天音が、そう思ってしまっても仕方がない。それだから、確かめたかった」

「……確かめる……？」

「天音が、俺を待っていてくれたかどうか」

カアッと頬の温度が急上昇した。ずっと彼が忘れられなくて引きずっていたと告白してしまっている。それが急に恥ずかしく感じた。

「俺の顔を見ても仕事用の対応しかしないときは失望したが……、それでも、天音は俺を待っていてくれたんだとわかって……嬉しかった」

冷たい態度が悲しくて自暴自棄になりかかった。想いを引きずっていると言ってしまってから、大輝の態度が変わったのだ。

天音がずっと大輝のことを想い続けていたと知って、彼の気持ちはやわらいだのだろう。

「天音は、嬉しいと思ってくれた？　俺が現れたとき」

答えづらい話を振られてドキリとする。そんなの、改めて聞かれるまでもなく嬉しかったに決まっている。実際、彼が満足してくれたであろうことに安堵《あんど》感を得て、彼のことはいい思い出にできると自分の中で終わらせようとしていた。

――終わらせなくていいのなら……どんなに嬉しいか……。

刹那、幸せの予感に陶酔する。しかしすぐに現実が天音を引きもどした。

「驚いたけれど……嬉しかった。今……大輝さんが言ってくれていることもすごく嬉しい。……でも、無理ですよ……」

「無理？」

「さっきも言いました。……わたしは、大輝さんの会社に損害を与えた人間の家族です。大輝さんにフられたと思ったのもそれがあったからだし、二階堂家から弁護士さんを通じて大輝さんとは関わりを断つように言われています。いまさら……別れたつもりはないとか、気にするなとか言われても、それで済む問題じゃない。逆に、大輝さんはどうしてそんなことが言えるんですか？　二階堂家自体から、わたしが疎まれていたのは知っていますよね」

「いいや。知らなかった」

「は？」

かなり決死の思いで口にしたのに、大輝の返事はアッサリとしすぎている。勢いをそがれてしまい、天音は口を半開きにしたまま目をぱちくりとさせた。

大輝がくすぐったそうに頬をゆがめる。唖然《あぜん》とした顔がおかしかったのかと恥ずかしくなりかけたとき、頭を抱きこまれ彼の胸に押しつけられた。

「そうか、わかった。それだからそんなに意地を張るんだな」

どこか嬉しそうなトーンが胸をくすぐる。恋人同士だったころ、言い合いで天音がムキになると彼は面映ゆい笑顔で抱きしめて窘《たしな》めた。

そのときのことを思いだしてしまったのだ。

「あんなにお互い感じ合って最高の時間をすごしたのに、天音もきっと俺が訪ねてくるのを待っていると思っていたのに、妙に遠慮をして余所余所《よそよそ》しいし、おかしいと思った」

「か……感じ合って、って……」

間違いではないにしても言いかたに抵抗がある。天音は身をよじるが、もちろんその程度で彼が離れるはずもない。

「二年前……確かに俺も、父に天音との交際を考え直すように言われた。しかし、天音にまで話がいっているのは知らなかった」

彼の話に黙って聞き入る。無駄な動きをやめ、耳に神経を集中した。

「あのとき俺は、支店長ともども銀行側を訴えるという決裁を思い留まってくれるよう父に頼みこんだ。父は、天音との交際を考え直すために距離を置くこと、それを条件にしてきた。……俺は、それに従うしかなかった」

息が止まる思いだ。脳裏には二年前、大輝が「距離を置こう」と口にした光景がよみがえる。

彼は、どんな思いでそれを口にしたのか。状況的にも、距離を置かなくてはならない理由を言うわけにはいかなかった。天音が落胆し、傷つき涙に堪える姿を見ても、黙って立ち去ることしかできなかったのだ。

「父は、距離を置けば俺も諦めると思っていたんだろう。この二年で縁談をいくつも持ってきた。おかしいとは思ったが……天音に手を回していたとは思わなかった。――すまない」

なにも言えないまま、天音は大輝の胸に寄りかかる。言えないというよりなにを言ったらいいのかわからない。

別れを告げられた自分だけが被害者のように思ってはいなかったか。

大輝だって、どこにもぶつけようのない遣る瀬無い思いをかかえていたというのに。

「そんなことがあれば、俺がなにを言おうとすぐには信じられないのも無理はない。俺が現れたこと自体が不思議で堪らなかっただろう。すぐに受け入れてくれると期待だけしていた俺も浅はかだった。……受け入れてくれないことに不安を募らせて、手荒に扱って……ごめん」

涙が出そうだ。二年間拗《こじ》らせていた想いが飛び出してきてしまいそう。

彼を信じてもいいのかもしれない。本当に、天音を求めて戻ってきてくれたのだと。

そうすれば素直な気持ちで彼に抱きつける。天音は押し返そうとしていた彼の胸から手を離すが、そのまま背中に回すことがなかなかできない。

二年間の思いこみによる勘違いと、再会してからのさらなる考え違いが微妙に恥ずかしい。

迷っているうちに身体を離され、大輝がにこりと笑顔を見せた。

「二年前のことは、もうすぐ決着がつくはずだ。天音はなにも気にすることはない。俺も、まずはもう一度天音に信用してもらえるように頑張るところから始めよう。そのほうがいいだろう?」

「……いえ、信用していないわけでは……」

本当は〝決着〟というのがどういう意味なのかを聞きたかった。尋ねられたほうを先に答えると、大輝に頭をポンポンっと叩かれる。

「無理をするな。俺たちには二年の空白があるんだ。自分をフったと思っていた男が突然現れて『結婚したい』なんて言えば疑心暗鬼になる。俺はまず、それを取り除かなくちゃならない」

この人は真剣に言ってくれている。それが伝わってくるせいかよけいなことを聞く余裕はなかった。

「予約した時間だ。行こう」

大輝が車を降り、助手席のドアを開けてくれる。手を取られて降りると昔を思いだし、胸がきゅんっと締めつけられた。


その日から、大輝は毎日連絡をくれるようになった。

仕事の都合がつく限り食事の誘いがくる。彼の仕事が忙しくて会えない日でも、電話やメッセージは必ずきた。

こうしていると恋人同士だった時代を思いだす。今も一応、結婚を前提につきあっている、ということらしいので恋人同士といってもいいのかもしれないが、なんとなく、それを素直に受け止められない。

天音が許してくれるまでホテルに引っ張りこむようなことはしない、と言った彼の決意は本物だったらしく、お酒を飲みに行ってちょっといいムードになっても、彼は軽い抱擁以上のことはしなかった。

初めて抱かれる以前だってキスくらいはしていた。大輝がしてくれるキスが大好きだったのに。

キスさえもしないのは、徹底しすぎではないだろうか……。

自分でも戸惑ってしまうのは、キスぐらいしてもいいのにと思ってしまうことだ。大輝との再会が誤解と勘違いで彩られていたとはいえ、彼を好きな気持ちはずっと天音の中にあった。

再び交際をはじめて昔以上の頼もしさと凛々しさを感じていれば、大輝にもっと触れてほしいし、天音だって……大輝に思いっきり抱きつきたい。

彼に触れたい……。

しかし……そんな欲望を口にできるはずもなく……。

二週間が過ぎたのである――。

「上手くいってるみたいだな」

「なっ、なにが、ですかっ」

いきなりでビクッとした。いや、ぼんやりと大輝のことを考えていたので「上手くいっている」という言葉でドキッとしたというほうが正しい。

話しかけてきたのは立野だった。行内の休憩室で昼食をとって短いお昼休みをぼんやりとすごしていた天音は、いつの間にか隣に座っていた彼に驚いて腰を途中まで浮かせる。

パイプ椅子が床に擦れ、黒板を引っ掻《か》いたような耳障りな音をたてる。その音のせいなのか天音のリアクションが大きいからかはわからないが、立野は不快そうに片方の眉を上げ苦笑いをした。

「そんなに驚かなくてもいいだろ」

「す、すみません……。ぼんやりしていたから……、驚いちゃって」

「……ふぅん……まあ、誰もいないところで話しかけられりゃ驚くか」

一応の納得を見せ、立野は手に持っていた缶コーヒーに口をつける。天音もゆっくり椅子に腰を戻した。

さほど広くはない部屋に長机を二台入れた簡素な休憩室。大部分の行員が昼食をとる時間がすぎていることもあって、室内には天音一人しかいなかった。

立野が休憩室で昼食をとるのは珍しい。というより見たことがない。外回りの営業はほとんど外食だ。

贅沢《ぜいたく》をしているわけではなく、銀行に戻ってきてゆっくり昼食を食べている暇はないのが本当のところ。

「ちなみに立野さん、お昼ご飯は……」

彼は缶コーヒーしか持っていない。まさかこれだけなんてことはないだろうとは思うが……。

「うん、説明用のパンフレット取りに戻っただけだから、これから先方に向かいがてら車の中で食う。おにぎり買ってあるから」

「……お疲れ様です」

だと思った。などというのもなんだが、一番納得のいく話だ。ちゃんと食べるときもあれば移動しながら簡単に済ませてしまうことも多い。どちらも〝外食〟だ。

「戻ったら所沢がいないし。どうしたのかなと思ったら『お昼』って言われてさ。今日は時間がずれたのか？」

「はい、交代で行こうと思ったら、ちょっとややこしい電話が入っちゃって……。それですっごく時間を取られちゃって」

「それはお疲れ。でも上手く昼時間とれてよかったな」

「五十日《ごとうび》だったらこうはいかなかったと思いますけど、今日はベテランパートさんが二人も入ってくれているから、わたしも遠慮なくお昼とらせてもらいました」

「二人？　一人しか会わなかったけど。所沢の代わりにカウンターに入ってた」

「多分別室じゃないですか？　伝票の確認作業がたくさんあるから、とか言ってましたよ」

缶を口に運びかけていた立野の動きが止まる。しかしすぐ天音に目を向けた。

「確認作業って……、監査でも入るのか？」

「どうでしょう？　でもその可能性もありますね」

「支店長、なにか言ってたか？」

「別に。朝礼でもそんな話は……」

「そうじゃなくてさ、おまえにだけ言ってなかった？」

「わたし……ですか？　いいえ。どうしてですか？」

「あ……いや、ほら、支店長ってさ、他の行員に話さないようなこと、おまえと世間話していてぽろっとこぼすだろ」

「そんなこともありましたね」

天音は苦笑いで軽く頭に手をやる。ときどき、船橋は一般行員には伝えられないような話を天音に聞かせてくれることがある。

世間話のついでだし、それだけ天音に親近感を持ってくれているということなのだろう。父との繋《つな》がりもあるし、天音もそんなこと話して大丈夫ですかと心で呟きつつスルーすることが多い。

「でっかい契約のあとだし……。その関係で本部から人がくるって可能性のほうが高いか。それにしたって、支店長がまとめた契約、すごいよな。どこにあんなツテがあったんだろうって思う」

「……そうですね」

「そのおかげで、ちょっとノルマにプレッシャーを感じなくなったから……、感謝といえば感謝だけど。さっき『上手くいってるみたいだ』って言ったのはこのことでさ。この契約のおかげで、間違いなくうちの支店は統廃合候補から外されるだろうって言われてるし」

天音は複雑な気持ちになり、無言でお弁当箱を片づけはじめる。それを見て時間を気にしたのか、立野が腕時計を見てから缶をあおった。

「プレッシャーは薄まっても、やることはやんねーとな。手を抜くわけにもいかないし。おれも行くわ、所沢も頑張れよ」

「あ、はい。立野さんも頑張ってください」

「ところでさ」

「はい?」

「彼氏と上手くいってんの?」

「はいぃっ⁉」

いきなりの質問に焦り、ランチバッグに入れかけていたお弁当箱をテーブルに落としてしまった。

「なんだよ。俺驚かれてばかりだな。でも、その様子だと上手くいってんだ?」

「はぃ……まぁ……」

「そうか、……じゃあ、そっちも頑張れよ」

サラリと言って立野は休憩室を出て行く。もしかして飲みに行く〝ダシ〟をお願いしたくて聞いたのではないかと感じ反射的に引き止めかけたが、出しかけた手は伸ばされることのないままお弁当箱を取り上げた。

意中の女性に話しかけるダシにされているだけだと大輝に説明はしていても、だからといって頼まれるたびにホイホイお供していては彼もいい気分はしないだろう。

その前に大輝と交際しているとわかっていて天音を誘うこと自体、立野にはできないと思われる。

それだから今も「上手くいってんの?」と確認してきたのだ。

(でも、わたしが一緒じゃなくて大丈夫かな立野さん。ちゃんと話しかけられるかな……)

おせっかいかと思いつつ考えてしまう。仲のいい友だちが好きな人に告白するシーンを見守っているときのような気分だ。

大輝に名刺を渡されさりげなく威嚇をされてから二週間、そのせいか一度もお供のお願いはされない。

一人でチャレンジしているのだろうか。他にお供をしてもらえる女の子を確保したという可能性もある。……とはいえ、このところ以前にも増して忙しそうだったので、そんな暇もないかと思う。

船橋がまとめた大口融資の契約。その関係で忙しかったようだ。少し落ち着いてきた今、プラザ支店は統廃合候補店から外されたと思って間違いがない。

大規模なリストラ候補から外されたのは支店をあげて喜ぶべきことだが、その話をされるたびに天音は微妙な気持ちになる。

立野も不思議がっていたが、「どうやって支店長がこんな大口の契約を取りつけたのか」誰も知らない。

天音が大輝と見合いをしたことで紹介が成立した。船橋は大輝と天音が元恋人同士だとは知らないのだから、見合いの練習台として指定されたはずの女の子が気に入られて、さらに話が上手くいった。と思っている。

そんな裏事情を、船橋はもちろん天音も口外してはいない。

大きな融資契約をまとめたことで船橋の株は上がっただろうし、支店の統廃合危機もまぬがれた。おまけに天音は、ずっと忘れられなかった大輝とまた会えるようになって……。

いいことだらけのはずなのに……。

なぜだろう。……なにか、喉につっかえるような不快感を覚えずにはいられない……。

「は？」

たった一文字の言葉だが、そこに含まれる様々な感情が瞬時に伝わってきて、天音はなんともいえない気まずさに襲われた。

おまけに大輝は、不思議そうな顔で天音を見ている。

高級ホテルの上層階に位置するフレンチレストランは、夜になれば見事な夜景が一望できる大きなフルレングスの窓が売りだ。窓側の席で壮大な夜景を背に、その輝きにも負けない彼が複雑な表情で眉を上げ、ヴィアントに挑んでいたナイフとフォークも止まってしまった……。

「だから……その、お店の女性に声をかけるために〝ダシ〟になってあげていた話をしたじゃないですか。……そのうち、頼まれたら、また〝ダシ〟になってあげてもいいかなって思うんですけど……。どう思います？」

彼のナイフとフォークを止めてしまったセリフを繰り返す。

こんな顔をさせてはいけないとは思いつつ、こういった意表をつかれたような顔も素敵だなと思ってしまう。

仕事を終え、大輝に連絡をもらって食事にやってきた。彼が紹介してくれた融資先の社長が「いい銀行を紹介してくれて助かった」と喜んでいたと聞き、昼にも融資関係の話をしていたことから立野のことを思いだしたのだ。

そこで、気がかりだったことを口にしてみたのだが……。

「それを……俺に聞くのか？」

大輝がこんな顔をしてしまうのも当然なのだ。結婚を前提にとまで言ってある女性に、他の男と飲みに行ってもいいかを聞かれれば困るだろう。

「す、すみません……。わたし、なんだか聞くべきじゃないことを聞いてしまって……」

「まあ、いいけど」

「えっ！」

予想外すぎる返事が聞こえて恐縮していた気持ちがポーンと跳ね飛ばされた。

再びカトラリーを動かしながら、大輝はさらに理解を示す。

「天音が協力してやりたいというなら、俺は止めない」

「本当に、いいんですか？」

「そのかわり、俺と会う日、約束がある日は絶対に駄目。あと、行くときには絶対に連絡すること」

今のところほとんど毎日、二日と空けずに会っている。大輝が仕事を外せない日に〝ダシ〟のお仕事が回ってくるとは限らないし、ついでに必ず知らせておくようにとの条件付き。

彼は、ほぼ無理だとわかっていて言っているのではないだろうか。

「はぃ……」

苦笑いついでに返事が小さくなる。大輝の口調に押されたというより、条件が微妙だ。

「わかりました」

それでも、今までと変わらず協力してあげることはできるのだ。確認できたことに安堵して、天音もナイフとフォークを握り直す。

ディナーのメニューはだいたいいつも大輝が決めてくれる。以前もそうだった。

天音も、かわいいカフェや自分へのご褒美レベルのレストランなら詳しいつもりだが、本格的なものや高級なレストランだとやはり大輝には敵わない。

今夜のコースメニューは大輝のセレクトだ。アミューズから始まってオードブル、スープ、ポワソン、ソルベ、ヴィアンドまできた……というのはわかるものの、正直なところメインで使われている肉料理の素材はよくわかっていない。

「肉は大丈夫か？　好みじゃなかったら替えてもらう」

「そんな、とんでもない。大丈夫です、美味しいですよ」

目の前に置かれた皿には、ほどほどに厚みのある肉の塊が美しく描かれたソースの中で存在感を主張している。柔らかく、とても味わい深い。淡泊に感じるので牛肉ではなさそうだが……鳥にも思えない。

「脂身を感じないです……赤身、ですよね。なんだろう、ポークでもなさそうだし」

「鹿だ」

「しか……鹿っ？」

予想外だったせいか、ちょっと大げさに驚いてしまった。鹿肉を食べた経験はあるが、もっとクセがあったようにも思う。調理の仕方なのかソースのせいなのか、覚えている印象と違う。

「いいジビエが入ったと聞いたのでそれにしてもらった。天音が食べづらそうなら替えてもらおうと思っていたんだ」

「いいえ、本当に美味しいです。昔一度だけ食べたことがあるんですけど、こんな淡泊でもシッカリ味が伝わる感じじゃなかった気がして……」

「鹿肉の味は、ハンターの腕と下処理をするまでの時間にかかっている。いいハンターが急所を一発で仕留めた鹿を、血が肉に回らないうちに抜いて下処理を施す。その肉は淡泊でクセがなく、赤身のうまみだけが引き出される」

「時間との勝負っていうことですか」

「下準備ってものは早くて完璧に越したことはない。そのあとのスムーズさが格段に違う。……気づかないうちに邪魔が入っていなければの話だが」

（お肉の話だよね……）

とは思うが、なんとなく違う気もする。しかしこの流れで鹿肉以外の話になるだろうか……。

彼はもしかしたら仕事の例を混ぜこんだのかもしれない。仕事だって準備が完璧なら上手くいく。きっとそういうことだろう。

「そういえば、お母さんが戻ってくる日は決まった？」

一人納得してナイフを動かそうとしたとき、大輝が話題を変える。天音はひと口大に切った肉を口に入れる前に答えた。

「もう少し延びるみたいです。もともと父が検査入院をするというので行ったんですけど、思った以上に体力が落ちていたらしくて……。退院はしたんですけど、もう少しいていいかって連絡がきたので『どーぞどーぞ、ずっといてもいいよ』って言っておきました」

お肉の旨みにほぅっとして、舌が味を堪能しているさなかにハッとする。こんな言いかたをしては、さてはいつでも気兼ねなく大輝に会いたいから母親にずっといてもいいなんて言ったんだな、と誤解されかねない。

両親は娘が気を遣ってしまうほど仲がいい。父の出向が決まったとき、自宅の一軒家に天音を置いていくのが不安だと母はこちらに残った。そんな父が単身赴任をして、もう二年になる。

体調を崩した父には申し訳ないが、検査入院があったおかげで久しぶりに夫婦水入らずの生活をしているのだから、可能ならもう少しこのまま夫婦二人だけの日々を続けさせてあげたい。

そんな一人娘の親孝行心を、大輝はきっと都合よくとらえるに違いない。

「お母さん、喜んだだろう？　あのころ天音を家に送っていったときによくお会いしたが、仲のいいご夫婦だった。お父さんの体調はまだよくないのか、心配だな」

（……うわぁ……ごめんなさいぃ……）

お肉を噛《か》みしめつつ、天音は心の中で謝る。彼は下心なしで聞いたのかもしれないのに、つい疑ってしまった。

「関連の証券会社に出向しているが、成績はかなりいいと聞く。支店長時代も優秀な方だった。当然の結果だ。出向なんて名目がなかったら証券会社のほうで出世してもおかしくないのに」

おまけに父のことを褒めてくれる。口調はおだやかで、彼が本気でそう言ってくれているのが感じられた。

「父のこと……そんなふうに言ってくださって、ありがとう……ございます」

本当なら嫌悪されても仕方がない立場なのに。再会してつきあいだしてから、大輝は一度たりとも天音の父を悪く言ったり恨み言を言ったりしない。

「なぜ？　本当のことだろう？」

「でも、大輝さんに……そう言っていただけると、なんだか特別嬉しいです……。なにを言われても言い返せない立場ですから……」

「今も昔も優秀な方だ。……優秀すぎた。あの件は、完全に天音のお父さんが利用されただけだと思っている」

「え？」

「大輝さんではありませんか？」

気になりすぎる言葉を聞いて顔を上げたとき、天音の声にトーンの高い声が重なった。

「奇遇ですね。こんな所でお会いするなんて」

テーブルの横に一人の女性が立っている。ボディラインにほどよくフィットしたスーツは白黒のツイード。丸襟のボックス型ジャケットとスリムラインのスカートは、あまりにも有名すぎるブランドスーツだ。

それがまたビシッと華やかに似合ってしまうのは、彼女から漂うセレブ感のせいかもしれない。

天音よりは年上、大輝よりは年下だろう。目鼻立ちがハッキリしていて、印象に残りやすい美人だ。

「ごきげんよう、紗奈《さな》さん。お久しぶりです」

「本当に久しぶり。先月の誕生日パーティーにも来ていただけなかったし。まったく貴方って人は、どれだけ女性に冷たいのかしらね」

笑顔でサラリと返す大輝に、彼女は眉をひそめて不満をぶつける。組んだ腕の片方にはスーツと同じブランドのハンドバッグが見えた。

セレブオーラを放出する彼女は、やっと天音に気づいたようだ。意外だと言わんばかりに眉間にしわが寄る。

さらに真紅の唇が不快に歪《ゆが》み、天音がドキリといやな鼓動を感じたとき大輝が口火を切った。

「冷たいなんて心外ですね。今夜はそちらの彼女と食事をしていました。……今夜は、というか、ほぼ毎日ですが。近く、お父様を通していいお話をお届けできると思いますよ」

「いい話……」

「それはそのうち。今夜は、お互い長話をしている余裕はないでしょう？」

大輝の視線が彼女から逸れたのを見て、天音はやっと同伴者がいることに気づいた。彼女の隣に立つ少々困り顔の青年は大輝と同じ歳くらいだろうか。

端整な顔つきをしているし明るいブラウンの髪にピアスなど、本当なら目立っていいはずなのに、彼女に存在感があるせいで少々影が薄い。

目立つ美男美女の組み合わせ。恋人同士なのだろうかと一瞬思ったが、彼女がチラリと青年を見てからフンッと鼻を鳴らして大輝に視線を戻したので、これは違うと察した。

「べつにいいのよ。それより、いい話って……」

「貴女にとってそちらの男性はよくても、お店の方にご迷惑をかけるものではありませんよね。名家のご令嬢が、まさかまさか」

大輝の口角は上がっているが目が厳しくなっている。見ると二人を席へ案内しようとしていたウエイターが困った様子で立っていた。

さすがに彼女も思い直したのだろう。軽く息を吐き、口調を落ち着かせた。

「わかったわ。それではいずれ」

「ごきげんよう」

彼女が歩きだすと男性もこちらに軽く会釈をして歩きだす。案内役のウエイターがホッとしているのが見えた。

「気が利かないわよ城田《しろた》君。黙って立ってなくてもいいでしょう」

「すみません、紗奈さん」

顔も見ずに注意する彼女に、笑顔で謝る青年の横顔。力関係がありありと感じとれる光景だ。

大輝とはどういった知り合いなのだろう。誕生日パーティーに呼ばれるほどだし、かなり親しいのだろうか。

「気になる?」

「えっ、いえ、あっ……」

虚をつかれ驚いた拍子にフォークを皿の上に落としてしまう。それだけならよかったが、落ちたフォークは皿の淵《ふち》をなぞるように滑り、床に転がってしまったのである。

すぐにウエイターが駆けつけ代わりのフォークを置いてくれた。床が柔らかい絨毯《じゅうたん》になっているおかげで派手に音が響くこともなく、恥をかかずに済んだのはありがたい。

「そんなに気になったか？」

「……すみません」

「いいよ。大好きな人が知らない女性と話をしていて気にならないほうがおかしい」

「だっ、大好きって……」

反論しようとした天音に、大輝はただ微笑んで対抗する。……図星なだけに、言い返すのも大人げないところをさらすようで気が引ける。

「俺だって、天音に一緒に飲みに行く親しい男がいると知ったときは異常なほど気になった。おかしいことじゃない。気になるのは当然だ」

食事を再開しながら、大輝が不安を取り去ろうとしてくれている。天音も食事を続けながら話を聞いた。

「彼女は和泉《いずみ》紗奈さん。一年ほど前の見合い相手だ」

「お見合い……」

「天音と距離を置くようになってから、父から何度も縁談の打診があったって言っただろう？　そのうちの一人」

「お断り……したんですよね……」

おそるおそる聞いてみる。大輝は不思議そうに天音を見て、クスリと笑った。

「お断りしていなかったら、今ごろ修羅場だよ？　向こうも男連れだし」

「そ、そうですねっ」

「とはいっても、あれは取り巻きの男の一人だろうな。ご令嬢に気に入られたくて我儘《わがまま》をなんでもきいてやる腰巾着だ」

　連れの青年には気の毒な言われようだが、本当にそうにしか見えなかったのだから仕方がない。

「父が持ってきた見合いは、だいたいは打診された時点で俺が頑として了承しなかったから見合いにまで発展することはなかったんだが、彼女の父親が俺の父親と親しくて、打診と見合いが一緒だった。だから、その場で断った」

「はぁ……」

　思わず気の抜けたような声が出てしまう。外見で判断するのも失礼だが、彼女はプライドが高い女性のように思えた。そんな人が、親の前で見合いを断られて、怒りはしなかったのだろうか。

　怒らせて二度と顔も見たくないと言われたならともかく、誕生日パーティーに招待されたり、レストランで顔を合わせて挨拶を交わしたりするくらいの知人に収まっている。

「どうして不思議そうにしているのかはなんとなく想像がつくが……、彼女、面と向かって断られたのが面白かったらしくて。それ以来、ちょっとした知り合いレベルの扱いをされてる」

「はぁ……そうなんですか……」

呆気《あっけ》にとられそうになりつつ、胸のつかえがなくなった安堵感で食事を進める。食べ終えてひと息つくと、大輝はとっくに終わっていたらしく両腕をテーブルの上で組み、じぃっと天音を見ていた。

「安心したか？」

意図せず頬が熱くなる。熱くなってから自分が恥ずかしくなったと気づくのだから、よっぽどホッとしていたのだろう。

「すごく彼女のことを気にしていたように思ったから」

「は、はぃ……。すみません……」

お見通しだ。ごまかせない。

「別に謝らなくてもいいだろう。俺は嬉しい……って言ったら、怒られるかな」

「いいえ……あの……、安心、しました……」

たどたどしく本音を口にする。彼の眼差しに気持ちが蕩《とろ》けかかるが、皿が下げられすぐにデセールが置かれたことで、天音の目線は甘いスイーツに心変わりをしてしまった。

「今夜は、以前、天音が行きたがったけれど行けなかった所に行こう」

そう言われたとき思い浮かんだのは、……こともあろうにラブホテルだった……。

つきあいだして間もないころ、ドライブ中に見つけた西洋のお屋敷に似た建物をカフェかなにかだと思いこんでしまったことがある。

目に入った看板にコーヒーとホットケーキの絵が描かれていた。天音は疑うことなく「大輝さん、あのお店素敵ですよ。入ってみませんか」と言ってしまったのである。

そのときの大輝は、ただ微笑んで頭を撫《な》でてくれただけだった。それよりもおしゃれなカフェに連れていってくれた彼は、そこでやっと、天音が入りたがった建物の正体を教えてくれたのである。

顔から火が出そうというのは、確実にあのときの状態をいうのだ。恥ずかしくて恥ずかしくて、羞恥の熱で頭が沸騰するかと思った。

看板にコーヒーとホットケーキの絵が描かれていたのは、ご休憩しませんか、という意味だったのだろう。

天音が大輝とつきあいだしたのは大学三年生のときのホワイトデーから。そこから一年半ほどで破局……というか距離を置いた。

学生だった天音には門限があったし、就職したばかりのころだっていきなり夜遅くまでの外出がOKになるわけではない。また大輝もそのあたりの事情や約束はしっかりと守ってくれる人で、彼と交際をしていたころ、二十二時の門限に遅れたことは一度たりともなかった。

ちょっと遠くまで車を飛ばして夜景を見に行くとか、ナイトシアターや夜の水族館、お洒落《しゃれ》なバーでゆっくりとすごす、などはすべてお預け状態だったのだ。

行きたかったけれど行けなかった場所はたくさんある。それなのに初っ端からラブホテルが思い浮かぶなんて。

……それだけ、強烈な羞恥心が記憶に焼きついているのだろう。

もちろん大輝が連れてきてくれたのは、西洋のお屋敷に似たラブホテル……ではなく、夜のデートスポットで有名なライトアップされた大観覧車だった。

観光地として名高いエリアにある大観覧車は、昼間のデートで乗ったことがある。混雑時でも相乗りはなく、カップルには嬉しい配慮だ。

夜にはライトアップされ、夜景が綺麗だと友だちからも聞いていた。天音も夜に乗ってみたいと大輝に言ったことがあるものの、果たされることはないままだったのである。

（大輝さん……覚えていてくれたのかな……）

ライトアップされた光の円舞を眺めているうちに搭乗順が回ってくる。最初はちゃんと座り、顔を上げたところに見える景色を眺めるだけだったが、上昇するに従って変わっていく景色に引きつけられ、気がつくと首を左右に動かしながら窓に張りついていた。

「うわー、あー、すごいですねー、灯りがいっぱい……。この灯り全部が建物なんですよね、あー、なんか、世界が動いてるみたい」

我ながら呆れてしまうほど感想が単純だ。上昇していくにつれて見えかたが変わっていく夜景は、感動するほどの美しさなのに。

つれてきてくれた大輝が、ここを選んであげてよかったと思えるようなことは言えないものか……。

もしかして苦笑いでもされているかも……。こそっと大輝に視線を向けると、すぐに目が合いにこりとされた。彼も夜景を見ているだろうとばかり思っていたので、驚きで固まってしまう。

「大輝さんっ、夜景……」

「ん？　ああ、どうした？」

「見ないんですか？　すごく綺麗で……」

「世界が動いてるみたいって喜ぶ天音を見ているほうが楽しい」

「うっ……」

言ったことはしっかり聞かれているうえ、はしゃいでいたのを眺められていたのかと思うと恥ずかしさも膨らむ。居住まいを正し気まずそうにすると、向かい側に座っていた大輝がすぐ隣へ移動してきた。

「別に、はしゃぐ天音が子どもっぽいとか思っていないから。そんな顔をするな」

「……ほんとうですか？」

「ちょっとずるいこと考えて、お母さんがいないって言うから門限破っても大丈夫かなとか思いつきで来たけど……来てよかった」

「門限……」

「以前は……門限を考えたら行けない場所も多かった。これからは天音が行きたくても行けなかった所にも行こう」

観覧車を降りて急いで天音の自宅に送ってもらったとしても、おそらく二十二時は過ぎるだろう。母親がまだ家に戻ってないと聞いて、ここに来ることを決めたようだ。

天音は膝に置いた両腕と背筋を伸ばし、怒った素振りで顎を上げた。

「わたし……二十五になったんですよっ。銀行の飲み会で二十二時過ぎることだってあるし……。そんな、いまさら門限なんて……」

「気にしなくてよかった？」

「……そんな、子どもじゃないですよ……もう」

「本当に？」

突然肩を抱かれ鼓動が跳ねる。一緒に身体も跳び上がってしまい、追いかけるように羞恥がやってきて全身が固まった。

「本当は、俺の記憶の中で天音が行きたがった場所ナンバーワンの〝西洋風のお屋敷みたいなホテル〟に連れて行こうかと思ったんだけど。まだそれは許してもらえないだろうし。……しかしあれは、今思ってもかわいい勘違いだったな……」

大輝が覚えていたことを知って再び身体が跳ねる。こんなに動揺したら笑われてしまう。

心臓の音がすごい。この狭い空間に響き渡って彼の耳にも入ってしまいそう。抱き寄せられると視界には大輝しか入らなくなる。彼のスーツ、ネクタイ、綺麗な顎の線と唇。

視界全部が大輝の艶っぽいまなざしで埋め尽くされると――唇が重なり、彼が見えなくなるのがもったいないと思いながら、まぶたを落としてしまった。

ゴンドラの窓の外には宝石をちりばめたような絶景が広がっているというのに、そんな夜景よりも大輝の顔が見えなくなることを惜しいと思う。

（大輝さん……）

重なる唇が熱くて、口腔《こうこう》内まで蕩けていく。彼の舌が動き回り歯茎や内頬を撫でただけで力が抜ける。

（好き……）

胸の奥がきゅんきゅんと締めつけられると愛しさが湯水のように湧き出してくる。体温が上がっていくのと同時に、へその奥がむず痒《がゆ》くなりはじめた。

片腕で拘束する力強さが肌を伝って全身に流れていく。唇に感じる彼の吐息が甘くて、何度も天音の鼻が切なげに鳴った。

「ンッ……うん、ン……」

狭い空間にいるせいなのか、周囲に音がないせいなのか、自分の小さなうめきさえ大きく聞こえて恥ずかしい。まるで子猫がもっと構ってほしくて甘えているみたいだ。

もう片方の手が天音の髪を撫で、そのまま後頭部を押さえこむ。いっそう唇が密着し、息苦しいくらい舌を吸いこまれた。

両手で大樹のスーツを摑《つか》む。このまま背中に回して抱きついてしまいたい。抱きついて、しっかりと彼を感じたい。そんな欲求にとらわれる。

「天音……」

顔の角度を変えるときにうわごとのように漏れる囁《ささや》きは、耳に響くというより口腔内に響く。感覚が敏感になり、彼の吐息がほんの少し唇にさわるだけで身震いを起こした。

「ぁ……ハァ……ンッ……」

我ながら出してはいけない吐息を漏らしてしまっている気がするのに、止められない。

「天音は……キスが好きだな……」

「ん……」

「キスくらいでそんな反応されたら……止まらなくなりそうだ……」

「ぁ……」

――――止めないで。

なかなか口に出せない本音が心の中でたゆたう。この二週間、大輝にキスをされるたび、何度この言葉が喉元でくすぶっただろう。

完全に掘り起こされてしまった恋心。愛しさの先にあるのは、この人に触れたい、触れてほしいという欲求。

再会の日に強く出られてしまったことを責めたばかりに、天音が昔のように大輝を信じられるようになるまでホテルに引っ張りこむようなことはしないと宣言されてしまった。

大輝の誠実さは変わってはいない。会うたびにそれがわかる。けれど「抱いてほしい」なんて、恥ずかしくて天音から言えるはずがない。

そんなこと、彼だってわかると思うのに……。

熱い吐息が糸を引き、ゆっくりと唇が離れていく。離れてほしくなくて彼のスーツを掴んだ手に力を込めた。

――――離れないで……。

声に出せないもどかしさがつらい。瞳が潤んでいるのはキスのせいなのか、離れたくない寂しさのせいなのか、自分でもわからない。

「イイ顔をする……。堪らないな」

トーンを落とした声も、凶暴なほどに艶のある双眸《そうぼう》も、唇をなぞる指の感触も。すべてが恐ろしく天音を煽《あお》る。

「大輝さ……」

かすれた声で「もっと……」と言ってしまった気がする。頭がぼんやりして本当に言ってしまったのかはわからないけれど、言ったとしたら彼には聞こえていなければいいなと考えた。

「もっとキスしていたいけど、そろそろリミットみたいだ」

潤んだ瞳に無情な現実が横入りする。彼の背後に見える景色が夜景ではなく高度を落としたゴンドラの群れに変わっている。

一番高くなる手前まで景色にはしゃぎ、下りてくる手前まで大樹のキスに蕩かされた。とても濃密な時間だったはずなのに、あっという間に感じてしまう。一周十数分という時間がこんなにも早い。

　このまま離れたくない天音の気持ちは報われることなく、観覧車の余韻を引きずったまま帰路についた。

＊　＊　＊　＊　＊

　所沢家の門前で天音を降ろし、彼女が家に入るのを見届けてから大輝は車に乗りこんだ。

　夜の住宅街に気を遣ったわけではないが、ゆっくりと車を走らせる。チラリと視線を向けたバックミラーに、こっそりと門から出てきて大輝の車を見送る天音が映った。

　その姿にふっと口元がほころぶ。いつもそうだ。デートのあとに家へ送り届け天音が家に入るまでを確認するものの、車が発進すると門から出てきてこちらを見送る彼女がいる。

　――なんて、健気なんだろう。

　住宅街を抜け大きな通りに出る手前で、大輝はコンビニの駐車場に車を入れた。比較的広い駐車場、他に車はないがバイクと自転車、そして待ち合わせなのかたむろっているだけなのか若い女の子が数人店の前でお喋《しゃべ》りに興じている。

　大輝が車を降りた瞬間、心なしか音量を落とした黄色い声で駐車場が華やいだ。

「えっ？　えっ？　誰？　だれっ？」

「知らないよー、イッケメーン、ちょっと声かけよっかぁ」

「でも待ち合わせした人じゃないよ？」

「いいよー、こっちのほうが絶対イイ男だしぃっ」

「車に女とか乗ってない？」

「見えないけど乗ってなさげー」

「ちょっとぉ、誰が声かけるー？」

静かだった店の外が急ににぎやかになった気がして、アルバイトの男子大学生がドアから外を窺《うかが》う。ときどき出会い系の待ち合わせ場所に使われているという噂《うわさ》のせいか、女の子たちを見て眉をひそめた。

車を降りた大輝にピンク色の視線を送る女の子たちとは真逆で、アルバイト男子は怪訝《けげん》な目を向けた。

待ち合わせの男なのかと迷惑がっているというより、女の子たちの注目を一心に浴びるのはけしからんが羨ましい、と言わんばかりに歯ぎしりをする。

――そんな周囲の思惑など、もちろん大輝の知るところではない。

それどころか駐車場をにぎやかにした声も、自分に向けられている視線にも気づいてはいない。だいいち、大輝がここで車を降りたのはコンビニで買い物をするためではない。

外の空気でも吸ってクールダウンしなければ、滾《たぎ》る激情で発火してしまいそうだったからだ――。

（あああああっ、天音ぇ、かわいいな、ほんとっ！！！！！）

声に出ないよう奥歯を噛みしめ、心で大絶叫しながらあふれ出る想いをぶつけるように両手で車を叩く。そのままドアの上部を叩いた両手に力を入れ、項垂れて息を切らした。

かわいい。

かわいすぎる。

毎回会うたびに天音がかわいすぎて、暴走してしまいそうな自分を抑えるのに大輝は必死なのだ。

（なんなんだ今日のは！　あんな顔されたら、俺の理性が死ぬだろう！）

狭い空間で二人きりというムードも手伝っていたのかもしれない。観覧車でのキスに天音がいつも以上に酔ってくれたような気がして、つい調子にのってしまった。

深く唇を合わせれば合わせるほど天音の甘さが伝わってくる。キスを止めたくなくて、トラブルで観覧車が止まってしまえばいいと願ったのは初めてだ。

潤んだ瞳に紅潮した頬。半開きになった濡《ぬ》れた唇に「もっと……」と言われたような幻聴まで聞こえた。

下半身の激情と理性の死闘は、からくも理性が勝利する。この二週間、こればかりだ。

「……ぁぁぁぁぁぁぁっぁ――――」

地の底から湧き出るがごとく恨みがましい声が出る。天音の信用を取り戻すまでホテル

に連れこむようなことはしないなんて、誠実ないい男ぶった自分を土に埋めてやりたい……。

いや、天音に信用してもらいたいのは本当だ。

天音は自分を待っていてくれていると勝手に勘違いして、せっかくの再会でずいぶん彼女を傷つけただろう。

心変わりした。天音は大輝を待ってなどいなかった。そんな絶望と嫉妬から、手荒く彼女を抱いた。

見合いを仕組むなんてまどろっこしい。普通に連絡をとりたいのはやまやまだったのだ。けれどできなかった。天音が、まだ二年前の関係者のそばにいる限り、その人物に〝最近知り合った〟と思わせなくてはならない。

やっと動き出したのだ。このチャンスを逃してなるものか。

「……天音」

二年前、父は天音と距離を置けと言ったが、別れさせるつもりだったのだろうことは縁談を持ってきた時点でわかった。

あのとき、海外との取引に使われるはずだった資金が、銀行側のシステムダウンが原因で行方不明となった。

復旧困難で多くの顧客データが失われたらしく、それに伴う伝票などの書類も紛失していた。

普通ならば絶対にありえない事態だろう。それが起こったのだ。

そのとき、トラブルがあった銀行の支店長だったのが天音の父親である。

責任は、所沢支店長が一身に引き受けた。本当ならば役職、関係者、担当者、すべての人間が辞職に追いこまれても不思議ではなかったのだ。

所沢支店長は人望も厚く、本店への栄転も秒読みと言われていた人物だった。銀行への貢献度も大きく、本店の上層部も彼を辞職に追い込むまではできないまま関連証券会社への出向という形がとられた。

トラブルを起こした支店や行員を守ったのだから武勇伝と言ってもいい。けれど心無い者は、横領が多発してそれをかくすため人為的に起こしたトラブルなのではないかと噂する。

その所沢支店長の娘が二階堂グループの跡取りである大輝の恋人だと知っていた父親は、スキャンダルを警戒したのか交際を考え直すよう息子を諭した。

天音と別れるなんて考えられない。そんな言葉を聞く気はないと憤った。だが、とある人の言葉が、大輝を冷静にさせたのだ。

その後、銀行側と支店長を訴える動きがあると聞かされ、訴えを取り下げるのと引き換えに父の条件を呑《の》み、彼女とは距離を置き、会えない日々に堪えて……。

しかし、ただ堪えていただけではない。天音との繋がりを消さないよう、最善を尽くした。

……。

　――大輝はひそかに、トラブルが起こった原因はなんだったのかを調べ続けたのである

　所沢支店長の元で、そんな原因不明のトラブルが起こったのが信じられなかったからだ。

　それを追求し明らかにすれば、天音との交際を認めさせることもできるし所沢支店長の汚名もすすぐことができる。

「もう少しだ……もう少し……」

　考えているうちに、スンッとクールダウンしていくのがわかる。車に打ちつけた手がジンジンと痺《しび》れていることにやっと気づいた。

　天音のことになるとつい我を失ってしまう。困ったやつだと自嘲し、大輝は息を吐きながら顔を上げ背筋を伸ばした。

「……帰るか」

　夜空が曇っていたことにやっと気づく。観覧車に乗っていたとき天音が地上の星に照らされて輝いていたので、空にも星空が広がっているのだと錯覚していた。

「もうすぐ……汚名返上してやるから……」

　そうしたら天音は、また昔のように大輝に甘えてくれるだろうか。力いっぱい抱きついて笑ってくれるだろうか。

　信じて……ついてきてくれるだろうか……。

　天音のことを考えていると心が温かくなってくる。リフレッシュした活気がみなぎって

くるのを感じながら、大輝は運転席のドアを開けた。

……ふと、コンビニの前に溜《た》まっている若い女性たちが怖いものを見るような顔で大輝を見ているのが目に入る。店の扉の向こうにはコンビニの制服を着た青年、彼もまたおびえ顔だ。

いきなり車を停めてなにも買わずに立ち去ろうとしているので、不審者だと思われているのだろうか……。

買い物でもしていったほうがいいだろうかと考えつつも、どうせだから今度天音と一緒にアイスでも買いにこようと計画し車に乗りこんだ。

――そのあと、女の子たちのあいだで、いきなり車を叩いて悶え苦しむ不審なイケメン、がしばらく話題になったのはいうまでもない。

第三章　幸せの予感と不穏な予感

「彼氏、心広すぎないか？」

立野の言葉に、天音は半笑いだ。説明しながら自分でも同じことを思ったからかもしれない。

「自分以外の男と飲みに行ってもいいよとか、普通言わないだろ」

「だから、それは、誰とでもっていうわけじゃなくて……、立野さんだからであって……」

先輩の恋に協力してあげるという意味で飲みに行ってもいいと了解をもらった話を、お昼どきの休憩室に顔を出した立野に話したのだ。

そしてこの反応である。

無理もない。立野が言うとおり、自分以外の男と二人で飲みに行ってもいいよと容認してくれる恋人はあまりいないのではないかと思われる。

「会社の副社長で顔がよくて彼女の行動に理解がありすぎるって……、なんだよそれ、完璧かよ。ますます所沢の彼氏だなんて信じられないよな」

休憩室は二人きりではない。気を遣って小声になっているのだろうが、眉をひそめてブツブツ言う姿は、少々怪しい人のよう。

「それじゃなくたって、あの人が彼氏とか……ちょっと信じられないっていうか、なんで？　って感じなのに……」

独り言の感覚になっていたのだろう。自分が言ったことにハッとして、立野は天音を見る。まずいことを言った、という気持ちが顔に出ている気がして、天音は聞こえていなかったふりをして小首をかしげた。

立野が言いたいことはわかる。天音の父親の事件は立野だって知っている。損害を受けた会社の副社長と、原因を作った銀行の支店長の娘。なぜこの二人が……と思うのは当然だ。

「どうします？」

別に何も聞こえていませんよ……を全身で表現する。それで安心してくれたのかはわからないが、立野は話にのってきた。

「ん〜、でも、そう言ってもらえるのは正直助かるんだよな。やっぱりさ、一人で行くと話しかけづらくて」

「一人で行ったんですか？　飲みに？」

「所沢についてきてもらえないから一人で行くしかないだろう」

「他の女の子でも誘って行ってるのかなって思ってましたよ」

「馬鹿か。たびたび違う女の子引っ張っていったら、軽い男だと思われるだろう」

「あ、そっか」

缶コーヒー持参でテーブルの横に立っていた立野だが、視線を斜め上にしてなにかを考えこむと、おもむろにパイプ椅子を引っ張って天音の横に座った。

「今日とかは？」

「いきなりですね」

「やっぱり？」

おどけて笑う立野だが、しばらく意中の彼女と満足に話ができていないのだろうから性急になるのも無理はない。

いいですよと言ってあげたいところだが、なんといっても大輝とデートの予定のないとき限定とされているので、すぐには返事ができないのだ。

大輝に会うのも彼の仕事次第なところがある。連絡がくるまでは今夜が空くかどうかはわからない。

「あー、ごめんごめん、そんなに悩むな。彼氏のお許しが出たときでいいから。……早めだと嬉《うれ》しいけど」

最後にチラリと本音が入る。遠慮しているのだと思うと気の毒になってきた。

「それなら、今聞いてみますよ。すぐに返事がくるかどうかはわからないですけど」

「え？　マジ？」

一度諦めたあとに可能性が見えたせいか、立野の期待が大きくなっているのがひしひしと伝わってくる。こんなに希望いっぱいの顔で待たれると、なんだか餌を目の前に置いた犬に待てをしているようだ。

待たせれば待たせるだけ自分が意地悪をしている気がする。天音はスマホを開いてメッセージを打ちこんだ。

内容としては、今夜の予定はどうなるかと、会えないようなら立野に協力してもいいか。一般的なお昼時間内ではあれど、彼が時間どおりに昼食をとれているかはわからない。とれていても仕事込みの昼食会だったら当然返事はできないだろう。

帰るまでに返事がくればいい。その程度に考えていたところ、すぐさま既読がついてビクッと震えるほど驚いてしまった。

（早……。大輝さんもお昼中だったのかな）

わずかに不満が募る。それというのも返信が〈いいよ。行っておいで〉だけだったからだ。

（え？　他になんかないんですか？　今日は普通にお昼が食べられたけど午後から忙しい、とか、帰りは遅くなりそうだから、とか、昨日の観覧車楽しかったね、とか）

もしかして打ちこんでいる最中かと画面を凝視するが、それ以上メッセージが増える気配はない。

……そっけなく感じて寂しがるのは……我《わ》が儘《まま》だろうか……。

天音としては、観覧車にまた乗りに行きたいです、とか、やり取りをしたかった。

（我が儘かな……わたし。そうだよね、大輝さんは、わたしの気持ちを考えていろいろ我慢してくれてるのに。わたしは、こんなことくらいで……）

ハァっと大きく息を吐きながら項垂れ、両手で持ったスマホをひたいにつける。いきなり落胆した天音の様子を見て、立野がにわかに慌てる。

「どうしたっ、どうしたっ。もしかして怒られたのか？　ごめんっ、そうだよな、いくらいいって言われたからって、それじゃあ早速、みたいで図々しかったな。ごめんな」

いい人すぎる。こんなふうに気を遣われてしまったら、是が非でも協力したくなるではないか。天音は眉を寄せて顔を上げる。

「大丈夫です。『行っておいで』って返ってきました」

「そう……なのか？」

「はいっ、お供させてもらいます。いっぱい彼女に話しかけましょうねっ。わたし、一生懸命カクテル飲みますっ」

「あまきゅん～」

「それ、やめてください」

気持ちが盛り上がったのだろう。立野は持っていた缶を一気にあおると、勢いよく立ち上がった。

「よぉし、午後からも頑張るぞー。残業なんかしてらんねーからなっ」

不安そうにしていた先程までとは段違いのやる気である。突発的な仕事が入らなきゃいいですねと心の中で励まし、天音はにっこりとしながら軽く手を上げる。

「じゃあな、あまきゅんっ」

「だから、それやめてくださいってばっ」

空にでも飛んでいきそうな勢いでいなくなってしまった。よほど嬉しいのだろう。天音は呆気《あっけ》にとられるが、休憩室にいた数人は立野の陽気さにクスクス笑っている。「元気だねぇ、立野君」という声まで聞こえ、天音は苦笑いをするしかない。

「なにあれ、立野さん、お酒でも飲んだの？」

半笑いで結加が入ってくる。廊下ですれ違ったのだろう。苦々しい口調は立野が気の毒になるくらいで、天音はついフォローを入れてしまった。

「コーヒーじゃ酔っぱらわないよ。いつもの立野さんだよ」

「はいはい、天音は優しいなぁ。それだから旨味調味料にされるんだよ」

「旨味調味料？」

「ダシ、なんでしょ？」

「あ」

一緒に飲みに行くのは〝ダシ〟にされているだけだと話したことを言われているようだ。結加は少々顔を曇らせ、先程まで立野が座っていた席に腰を下ろした。

難儀な客にでもあたったのだろうか。どことなく機嫌が悪い気がする。結加はランチバッグをテーブルにのせて、忌ま忌ましげに息を吐く。

呑気《のんき》に話をしていないで、食べ終わったらすぐ戻るべきだった。天音が戻らなければ結加がお昼に入れない。おおかた今は、バックオフィスの誰かが窓口に入っているのだろう。

天音は自分のランチバッグを手に取る。

「ごめんね、遅くなっちゃって。すぐに戻るね」

「え？　いいじゃない。もう少しゆっくりしなよ。ってか、支店長に『所沢さんとゆっくりお昼休みを取ってください』って言われてきたから大丈夫だよ」

「支店長に？」

立ち上がりかけた腰を戻し、天音は結加に身体を向ける。

「うん、伝票整理があるからとかでパートさんが来たんだけど、一人が窓口に入ってくれるからってことで、お昼行ってきていいよって言われたの」

「今日……パートさんが入る日だっけ？」

「他店のパートさん。ヘルプで入ってもらったらしいよ。もう一人の人は……昔働いていた人で支店長の昔の部下なんだって。そのツテでお願いしたみたい」

「ふぅん……」

生返事はするものの、どうも釈然としないものが残る。特別なことがない限り、わざわざ他店からヘルプが入ることはない。おまけに以前働いていた人を頼むなんて……。

今は行員で回らないほど忙しい時期ではないし、大変なトラブルがあったわけでもないのに。

なぜ今、ヘルプを入れてまで進めなくてはならない仕事があるのか……。

「天音さぁ、なにか聞いてないの？」

急に声を潜め、結加が身を寄せてくる。天音も合わせて声を抑えた。

「なにを？」

「支店長に、監査が入るとかさ、そういう話は聞いてないの？」

以前にも立野に同じように聞かれた。よほど天音は船橋からいろいろ教えてもらえていると思われているようだ。

「聞いてないよ。だいたい、そんなになんでも話してもらえるはずがないでしょう。いくらうちの父とのことがあっても、わたしは娘なだけで、ここではただのテラーにすぎないんだし」

「でも、相談役なんでしょう？」

「なにそれ」

「支店長が言ってたよ？　たいていのことは一人で決める前に所沢さんに相談してしまうって。昔、天音のお父さんに頼っていた癖かな、って笑ってた」

「なにそれ～、わたし、随分と責任重大にされてない？」

苦笑いをしつつ小さく笑う。確かにいろいろと話をされるが、そこまで重要人物にされても困る。

とはいっても、今回の融資に至る経緯だって船橋と天音しか知らないことだ。そう考えれば、確かに船橋は重要なことを天音に持ちこみ気味なのかもしれない。

「大口融資が決まったあとだしね。処分しておかなきゃならない書類とかあるのかな」

結加がニヒヒと笑いながらランチバッグを開ける。悪気がないのはわかっているが、意味ありげすぎて、天音も苦笑いしかできなかった。

「それよりさぁ、天音、聞いてよ～。さっき支店長が来たときに一緒にいた客に話しかけられてさ、どこの大学だったとか聞くから、正直に地方の高校を出ましたって言ったら鼻で嗤《わら》われたよ。聞き返したらそいつ、金出したら入れるような三流私立の大卒なんだよね。大卒だってだけで威張っちゃってさっ。こちとらアンタなんかよりよっほど偏差値の高い高校出てるっつーのっ。あー、ムカつくっ」

今までの話題を袖にして、結加の愚痴が始まる。最近は大輝とばかり一緒にいて結加とゆっくり話す時間もなかった。同じテラーとしての愚痴が言いあえるのはお互いしかいない。結加も言いたいことが溜《た》まっているのかもしれない。

「高卒でも女の子は窓口で笑ってれば仕事になるんだからいいね、とか、ナメてない？」

天音はそこまで言われたことないかもしれないけど」

「似たようなことを言われた経験はあるよ～。大口のお客さんだったから笑ってかわしたけど、結構ストレスだよね」

天音の賛同を得ると、心なしか結加はホッとしたように表情をゆるめる。

「天音と話すと気持ちが楽になるなぁ」

「ホント？　嬉しい」

「……天音もストレス発散に行かない？　いいお店あるんだけど」

「ごめん、今日は旨味調味料の日」

「あら」

誘ってくれたのに申し訳ないと思うが、結加も「お疲れさん」と笑ってくれる。残りのお昼休みを、天音は彼女とのおしゃべりに費やした。


「本当にお久しぶりですね。またお会いできて嬉しいですよ、天音さん」

彼女はしっとりとした美人なのだが、動きにキレがあって一緒にいると頼りたくなるタイプである。

こういう人を姉御肌というのかもしれない。

「わたしも瑞葉《みずは》さんに会えて嬉しいです」

「本当ですか？　ありがとうございます」

ニコニコとした美人顔を天音に向け、バーテンダーの瑞葉はシェイカーを振る。

約束どおり天音は、立野お目当ての女性がいるバーへやってきた。雑居ビルの二階、カウンター七席、ボックス席いつつがあり、スペースがゆったりととられているのでなかなかに居心地がいい。

「お、おれだって会いたかったですよっ」

ここで慌てて口を挟むのは立野である。女性二人で和気あいあい。本来、立野が瑞葉に会いたくて天音をダシに使っているのだから、これではメインの立場がない。

「立野さんも、本当にお久しぶりです。ご来店いただけて嬉しいです。他のお店に心変わりしてしまったのかと思いました」

そして、ここは流石の客商売だ。常連の心を摑《つか》んでおくことも忘れない。

「心変わりなんてしませんよ。瑞葉さんのカクテルが一番です。なっ、所沢、さんっ」

「そ、そうですね」

少々気負いすぎを感じる立野に、笑いが引き攣《つ》る。いくら久しぶりだからといって、そんなに緊張しなくても。さん、までつけられて、少々むず痒《がゆ》い。

「どうぞ。アルコール軽めにしておきました」

天音の前に出されるロングカクテルは濃厚なサーモンピンク。鼻を近づけるとパッションフルーツの甘い香りがする。

「オーガスタセブンです。以前、とても美味しいと褒めていただいたので」

「覚えています。南国フルーツ系の味がして美味しかった。そういうリキュールがあるんですか？」

「パッソアっていうパッションフルーツのリキュールを使うんです。普通に炭酸のジュースで割ってもとても美味しいですよ。私もこれが好きで、自分用に家に置いてあります。サイダーとかコーラで割って、お風呂上りにがぶがぶ飲んじゃいます」

「がぶがぶですか？」

「おかげでお店に来るとスタッフにからかわれるんですよ。リキュール臭いですよって」

「えー、いい匂いなのにー」

アハハと笑いながらグラスを手に取った天音は、甘い香りを吸いこんでから口をつける。口腔《こうこう》内に広がる濃厚なフルーツ感が堪らない。ついごくごくと半分ほど飲んでしまい、立野に目を丸くされた。

「所沢、さんっ、いきなり飛ばすと悪酔いするよ」

「美味しくて、つい。でも今夜はたくさんカクテルを注文するって言って来たし。飲まなきゃ次が注文できませんよ」

「それはそうだけど、潰れた君を背負って帰るのはいやだよ。おれ、重いのいやだし。

……気安くさわるなって、彼氏に睨《にら》まれそうだし……」

あとのほうが本音だろう。重いのいやだし……が本音だったら、テーブルの下で脛《すね》のひとつも蹴飛ばすところだ。

「潰れませんよ。軽いカクテルにしてもらっているし。ねー、瑞葉さんっ」

「はい」

天音が同意を求めると、瑞葉はにっこりと微笑む。その笑顔に負けたのか、立野は「それなら、まあ、うん……」と言い淀《よど》み、場をごまかそうと自分のグラスに口をつけた。

立野はビールベースのカクテルだ。ジンジャーエールが使われているらしく、一見ビールを飲んでいるようにしか見えない。

「それに、もし潰れてもご心配なく。店の奥で、気分がよくなるまで休んでもらいますから」

瑞葉が気遣ってくれた瞬間、立野がカクテルを喉に詰まらせたのか盛大にむせる。天音は驚いて立野の背中をさすった。

「ちょっ、立野さん、大丈夫ですか？　もう、いくら久しぶりで嬉しいからって、そんなに慌てて飲まなくても」

「そうですよ。いくら久しぶりだからって」

苦笑いで瑞葉がチェイサーのグラスを差し出す。むせながらも彼女に目を向けた立野は、グラスを受け取ることなく目をそらし、足元に置いていた自分のブリーフケースを手に取った。

いきなりむせたので恥ずかしかったのだろうか。ちょっと気の毒に思いながら、天音は立野の背中をさする。

「み、瑞葉さん……あのっ……」

むせながらも、立野はブリーフケースから細長い包みを出す。B5ノートを縦半分にしたくらいの大きさだろうか。包装紙で包まれてはいるが、市販のギフトペーパーのようだし包みかたもぎこちない。おそらく自分で包んだのだろう。

　立野はそれを瑞葉に差し出した。

「これ、どうぞ」

「ありがとう、立野さん。これ、いつも楽しみなんですよ。しばらくご来店がなくなって、ガッカリしていたんです」

「そうですか？　よかったです」

　瑞葉に包みを渡し、立野は代わりにチェイサーを受け取る。すぐにグッとあおり、大きく息を吐いた。

「本当に大丈夫？　立野さん」

「うん、大丈夫だ。ごめんな、所沢」

　やっと落ち着いたようで、立野本人も力を抜いているのがわかる。好きな人の前で緊張する気持ちはわからなくはない。

　こうして毎回プレゼントを渡してお目当ての女性が喜んでくれる。しばらく来店できなかったこともあって、立野も早く渡したくて慌ててしまったに違いない。

（でも、毎回どんなものをプレゼントしてるんだろう。今度聞いてみようかな）

　渡すのはいつも、比較的薄い包みばかり。厚みのある物や大きな物は見たことがない。仕事場で大きなものを貰《もら》っても困るだろう。そのあたりはよく考えている。

（ハンカチとか、スカーフとかかな。商品券……は……ちょっと夢がないよね）

あれこれ想像しつつグラスに口をつける。立野も落ち着いたようで、自分のグラスに手をつけた。

視界の端に、スタッフの男性が瑞葉になにかを耳打ちしているのが映る。彼女は立野と天音に「ちょっと失礼します」と断りを入れ、カウンターの奥にあるスタッフルームへ消えていった。

「ごめんな、所沢」

立野がしつこく謝ってくる。むせたくらいでそんなに罪悪感に苛まれなくてもいいのに。天音は宥《なだ》めるように、明るく笑って立野の腕をポンポンと叩《たた》く。

「気にしないでくださいよ。なんですか、むせたくらいで。そんなにショックを受けないでください」

「あ……うん」

なんだか歯切れが悪い。意中の人にかっこ悪いところを見られて気まずいというのならわかるが、天音にまで弱気な態度をとらなくてもいいのに。

それとも……なにか他の理由があるのだろうか。

「立野さ……」

「あれぇ？　君……」

天音の呼びかけが何者かにさえぎられる。背後から顔を覗《のぞ》きこまれるように言われたので、これは間違いなく天音に声をかけたのだろう。

「やっぱり、昨日の子だ。店の奥を勧められているからどんな子かと思えば」

「……貴方は……」

目鼻立ちの整った、二十代後半といった雰囲気の男性。どこかで見たことがあると考え、ライトブラウンの髪とピアスで思いだした。

「貴方……昨日レストランで会った……」

大輝と食事をしているときに会った、紗奈と一緒にいた青年だ。

確か紗奈には「城田」と呼ばれ、大輝には腰巾着と言われてしまった青年である。

あのときは紗奈の印象だけが強くて影が薄かったが、今夜はずいぶんと態度が大きく見える。よく見れば、口角を上げて片頰をゆがませた端整な顔は、どこかチャラさを感じた。

「そうだよ。覚えていてくれたんだ？　嬉しいな」

「昨夜のことですし……。あっ、城田さん、でよろしかったですか？」

「わー、名前まで憶えていてくれたんだ。かわいい子に覚えていてもらえるのは嬉しいなあ」

苦手なチャラさだ。しかし天音は日ごろ鍛えたテラーとしての〝なにを言われても崩さない人あたりのいい笑顔〟を忘れない。

「今夜のお相手は彼氏じゃないの？　かわいいのに、隅に置けないな」

城田はチラッと立野を見てから、天音の横の椅子に軽く腰でもたれかかる。正直居すわられたらいやだなとは思うが、さすがにそこまではしないだろう。天音は軽く答えた。

「同僚なんです。ときどき飲みにきていて……」

「一緒に？　ときどき？　そっちの彼は常連だろう？　ってことは、君は人質役？」

「人質……」

「さっき奥を勧められていたけど、行くの？」

「あ、いいえ、別に酔ってはいないので……」

「ふぅん、残念。かわいいのにな……。僕は今から顔を出しに行くんだけど」

なんだか話が繋《つな》がっていない気がする。内容がかみ合わないし、なにを言われているのか理解に苦しむ。

城田は椅子から離れ、軽く手を上げて歩きだした。

「それじゃ、気が向いたらおいでよ。一緒に遊ぼう」

彼はそのままカウンターの奥から横の通路に入っていく。あの奥はお手洗いだ。どこだかに顔を出しに行くと言っていたが、なんだったのだろう。

「ここって、他になにか遊べる場所と繋がってるんですか？」

城田が消えた方向を見ながら口にすると、立野の椅子がガタっと揺れた。何気なく彼を見やると、自分のグラスを一気にあおっている。

「立野さん、またむせますよ」

ハアッと息を吐きながらグラスを置き、立野は苦笑いをした。

「喉渇いちゃってさ。それより、今の男、誰？」

「昨日、……ぁ、か、彼氏と食事をしているときに、彼氏の知り合いに会って……。その人と一緒にいた人なんです。まさかこんな場所で声をかけられるとは思いませんでした」

二度も「彼氏」と言ってしまった。言ってもいい立場ではあるのだろうが、なんだかくすぐったい。

「ふぅん、そうか。……あっ、あれだよ、ときどき会員制のパーティーをやっているから、それに参加するのかって意味だったんだと思うけど」

「パーティー？　そうなんですか。立野さんのこと〝常連〟って言ってましたけど、立野さんは参加してるんですか？」

「いいや。誰かと間違ったんじゃないか？」

「そうですよね……。ここへはたいていわたしが一緒に来るし……」

要はパーティの参加者なのかと聞かれていたらしい。それでもなんとなく会話がおかしかった気もするが、深く考える必要もないだろう。

——その後、瑞葉は結局戻ってこず、お目当てがいないならと二人は長居をせず切り上げたのである。

思ったよりも早く帰宅したこともあり、天音は大輝に帰宅した旨メッセージを入れた。するとすぐに電話がかかってきたのだ。

報告したほうがいいかと思い、飲みに行ったバーで紗奈と一緒にいた男性に会ったことを伝えたのである。

「いきなり声をかけられたから驚きました。でも昨日とはすごく印象が違いましたよ。昨日は影が薄い感じだったのに、なんていうか……アレです」

リビングのソファに腰を下ろし、バッグを横に置いて背もたれに沈む。スマホを離すのも忘れ、ハアッと大きなため息をついてしまった。

「チャラかったです」

『よっぽどいやだったんだな』

大輝が声をあげて笑う。大きなため息が聞こえたからそう思ったのかもしれない。いやだったのは本当だが、この話題で大輝が楽しそうに笑ってくれたのがなんとなく嬉しかった。

「いやな思いをしたのに、笑うことないじゃないですか」

それでもちょっと拗《す》ねてみれば……。

『天音に会いたくて仕方のない俺を置いて、先輩のお手伝いになんか行くからだ』

からかうように言い返される。

「大輝さんが、行っていいって了解してくれたからですよ」

『俺はさ、でも大輝さんに会いたいから今夜はやめるー、って言ってくれるのを期待していたんだけどなー』

「……今、そんなこと言うんですか……」

じわっと……愛しさが湧いてくる。アッサリと「行っていいよ」と返されたときの寂しさがよみがえってきてしまった。

「嬉しい……」

『ん？』

「……こんな……、大輝さんと、こんな会話ができるなんて……。夢みたいです……。なんか……恋人同士みたいな会話じゃないですか」

『天音』

からかわれても、笑われても、彼に対して湧いてくるのは愛しさだけ。

こんなにも、大輝が好きだ……。

胸の奥がきゅうっと締めつけられる。この電話の向こうに大輝がいると思うと、お腹の奥が刺しこむように重くなる。……体温が、上がってくる。

「大輝さん……」

肌がゾワゾワする。頬が熱くなるのを感じながら、天音は片腕で自分を抱きしめた。

「……会いたい……です」

大輝に会いたい。会って、あの力強い腕で抱き締めてほしい。

『天音、すぐ行く』

ひと言告げて、通話が終わる。彼の声が聞こえなくなってから、天音はハッとしてスマホを見つめた。

感情のままに軽率なことを言ってしまった。こんな時間に「会いたい」とか言っても迷惑なだけ。大輝だって、仕事が終わってくつろいでいた時間ではないのか。

甘えて拗ねたり、わざとからかったり、そんな特別感のあることを大輝と普通にできていることが嬉しくなってしまったのだ。

また彼とこんなふうに……。

スマホを抱きしめ温かな気持ちになるものの、こうしてはいられない。すぐ大輝に「明日にでも会えればいいから」と訂正をしなくては。

「きゃっ！」

つい声が出てしまった。大輝に電話を入れようとした瞬間、その本人から着信があったのだ。

「は、はいっ！」

『天音』

「大輝さんっ、さっきはごめんなさい、わたし、軽率なこと言っちゃったけど……」

『出ておいで』

「え？」

『外にいる。出てきてくれるか？　両親がいないのに、家に上がりこむようなことはしたくない』

「外……？　外って……」

天音は慌てて玄関へ走る。自宅にいたのか会社にいたのか、それにしたって早すぎる。

半信半疑で外へ出て、アプローチの途中で、門の前に大きな車が停まっているのが見えた。

慌てて門から出ると、助手席の窓が下りる。スマホを耳にあてたままの大輝がこっちを見ていた。

「おいで」

彼の声がそのままスマホからも聞こえて、なんだかおかしな気分だ。天音は通話を終了させて車に乗りこむ。窓が上がっていくのを見ながらドアを閉めると、振り向かないうちに腕を引かれ、大輝に抱きしめられた。

「天音……」

広い胸と頼もしい腕が天音を包む。嬉しくて全身がぶるっと震えた。

「俺に会いたいって、思ってくれた？」

「……はい」

「俺も会いたかった。天音を……抱きしめたかった……」

「大輝さん……」

大輝の背に腕を回し、ギュッと彼にしがみつく。その状態で身体を押され、助手席のシートに背中がついたかと思うと、ゆっくりとシートが倒れていった。

「あ……」

「天音」

目と鼻の先に大輝の双眸《そうぼう》が迫り、車内の暗闇の中で妖しく天音を求める。返事代わりにまぶたを閉じると当然のように唇が重なった。

狭い空間に唇を貪りあう音が響く。それと重なるのはお互いの吐息。大輝は比較的冷静だが、天音の吐息は鼻にかかって甘えるように漏れ続けた。

「ンッ……ん、ふぅ……ぅん……ハァ……」

こんな音を漏らしてしまう自分に恥ずかしさはあれど、大輝に甘えることができているのだと思うとやめようとは思えなかった。

「んっ……ぁ、はぁ……ん」

キスをしながら、大輝が両耳を指でいじる。耳介を親指でなぞり耳朶《みみたぶ》を揉《も》んで、耳穴の上で指先を動かした。

「あ、ぁあっ……ハァ……大輝、さっ……」

「天音、もっと、俺に抱きついて」

彼に回した腕に力を入れる。彼が着ているスーツや自分のブラウスがとても邪魔に感じて、天音は上半身をくねらせた。

大輝の唇が首筋に吸いついてくる。食むように上下し、ブラウスのボタンを外して鎖骨の形をなぞった。

「大……輝さ……あっん……」

「少し天音にさわらせてくれ……。おかしくなりそうだ……」

「そんな……アンッ……」

おかしくなりそうなのは天音も同じだ。身体が痺《しび》れて、大輝にさわられたがっている。

(さわる……だけ……？)

そんな恥ずかしいことまで考えてしまう。常日頃積み重なった想いが、固まって顔を出しそうになる。

——もっともっと、大輝さんを感じたいのに……。

首筋や喉に吸いつきながら、大輝の両手が天音のボディラインをまさぐる。腋《わき》から腰、お尻の横から太腿《ふともも》、揉むように手を動かしながら移動していくので、いちいち官能がくすぐられる。

「ぁ、アンッ……ぁ……」

こんなさわられかたをしているのだから仕方がないと思っても、甘い声が出てしまう。それも狭い車内のせいで、声が大きく響いてくる。

閑静な住宅街。おまけに夜遅くとなれば一際静かだ。こんな声を出してしまって外には聞こえないだろうか。人通りもないし大丈夫だと思いたい。

胸を暴かれ、大輝が柔らかなふくらみに吸いついてくる。太腿を探っていた両手が腿をかかえ、両足をシートに置いた。

「あ……やっ……」

自分の格好を想像して声が震えた。両膝を立てて、大きく開かれた脚のあいだに大輝が身体を入れている。下手をしたらこのまま彼自身を受け入れてしまえそうな体勢だ。

もしかして、そのつもりなのでは……。

(でも、車の中だし……)

そんなことを考えると、お腹の奥にきゅうっと絞られるような刺激が走る。脚の付け根に熱が溜《た》まり、開かれた脚を閉じたくなる。

「……天音の匂いがする」

胸の頂で唇を動かされ、ブラジャー越しなのに乳頭から微電流が走る。思わず身をよじるが、彼の片手が股間にあてられたのを感じて動きが止まった。

「ここか……やっぱり」

ストッキングとショーツ越しに秘部を搔《か》かれ、なんともいえない愉悦が襲う。ぐりぐりっと押されると潤ったものが太腿まで広がった。

「あっ……あぁっん……」

「ぐちゃぐちゃだ……さわってほしかった?」

「ぁっ……ンッ、大輝さ……」

「俺は、天音にさわりたかった……」

濡《ぬ》れた布を挟んで大輝の指が秘裂を搔き圧迫する。直接ではないぶんソフトになっているせいか、気持ちがいいのにじれったい。大輝はもう片方の手で片方の乳房を摑み、頂を

歯で掻いた。

「あっ、あ、ハァ……やっ……ぁウンッ」

油断したら大きな声が出てしまいそうで、天音は両手で口を押さえる。それでも荒くなる呼吸をふさぐのは困難で、指のあいだから濫《みだ》りがわしい声が漏れ続ける。

「ぁぁンッ……大輝さ……ん、ダメ……こんな、所……で……アッあ……」

「本当に、こんな所、だな。天音のココは欲しいって言ってるのに……」

「ひゃぁんっ……！」

ぐりっと膣口《ちつこう》を強く圧され、大きな声が出る。その反応が気に入ったのか、大輝は繰り返し同じ刺激を加えた。

「あっ、ふぅっ……アンッ、ダメっ、……あぁっ！」

懸命に声を抑える。出てしまう声はどうしようもないので、せめてもの思いで声の大きさを抑えた。

吐息が荒くなり、天音は首を左右に振り、両手でシートを押す。突くように刺激が襲ってくる秘部を彼の指からずらそうと腰を揺らすが、逆に愉悦は大きくなるばかり。

「あっ、あ……ぁふぅっ……ンッ」

「天音……」

大輝もだいぶ興奮しているのだろう。ブラジャー越しに吹きこまれる吐息は熱く、夢中になって胸のふくらみに唇を押しつけ、手は柔らかさを堪能するように揉みしだく。

「抱いてしまいたいけど……また俺の勝手で抱いてしまったら、天音に信じてもらえなくなるから……最後まではしない……」

そんなことはない。天音だって抱いてほしい。身体はすっかりそれを期待して彼に訴えているのに。

大輝はおそらく、二年ぶりに再会したあの日のことを言っているのだ。あの日のことがあるから、天音に信じてもらえるように頑張ると言っていた。天音が許すまで、ホテルに引っ張りこむようなことはしないと……。

それはつまり、天音が大輝を許して彼を信じてついていくと決めるまで、抱かない、という決意だったのだろう。

（そんなの……わたしは……）

「あっ……ぁぁ、大輝さぁ……んっ」

大輝に言いたいことがあるのに。それを出せないままあえぎ声だけが漏れていく。膣孔の上で動く指は強さを増し、布を突き破ってしまうのではないかと思うほど。

そう感じていた矢先に、ストッキングが裂ける気配とともにショーツの横から大輝の指が潜りこんできた。散々上からいじり回した膣口を探り、つぷぅ……と挿入される。

「ふぁっ……あっ！」

「せめて、ぐっちゃぐちゃにしてしまったぶん、解消させてやるから……」

「解消……って、ああっ！」

大輝の指が隘路《あいろ》をスライドする。ぐちょぐちょと淫音をたてながら指が出し挿れされ、昂《たか》ぶった天音の官能をもてあそんだ。

「あぁっ、あぁっ！　やっ……ダメェ……あぁぁんっ！」

膝を立てた足が左右に焦れ動き、ずるりと座面を滑って前に伸びる。

「大輝さん……たい、き、さん……わたしっ……あぁっ！」

――あなたに、抱いてほしい……。

言いたいのに、今目の前にある快楽が邪魔をする。大好きな人に抱かれたくないはずがない。大輝を信じないはずがない。――許さないはずがない。

いつもそれを言いたいのに。恥ずかしさと、そして、本当に彼の気持ちを受け取って大丈夫なのだろうか、二年前の事件は、この関係の障害にはならないのだろうか。そんなことばかりを気にして、ずっと言えずにいる。

今なら、この快感に乗じて言えるような気がするのに。

彼に求められて幸せを感じている今なら、心配事もすべて投げ出して見も心も委ねてしまえるように思うのに。

「あぁぁぁっ……ダメっ、わたし……ンンンッ……！」

「イイ顔してる。気持ちイイか？　天音がこんな顔見せてくれるなんて、嬉しいよ」

「大輝さ……大輝さぁ……んっ……ぁぁっ……！」

それ以上の言葉が出ない。天音は両腕を大輝の肩から回し、彼を見つめて精一杯の言葉を絞り出す。

「好き……大輝さ、さん……好きぃ……」

「……その顔……ゾクゾクくる……」

蜜路を攻める指が追加される。さらなる圧迫感に腰が攣り背が浮いた。——そして、快楽が爆ぜる。

「大輝、さっ——————！」

達した瞬間、大輝の唇が重なり、喜悦の声はすべて吸い取られる。舌を搦《から》め捕られ、唇でしごかれて、天音は全身をヒクつかせた。

「……天音」

「ぁぁ……ハァ……あっ、あ……ンッ……」

声が出ない。大輝を見つめる瞳が潤んで彼の姿がぼやける。唇の横、鼻、眉間、ひたい、顔中にキスをしてから、大輝が目頭から涙を吸い取った。

蜜にまみれた手の指を丹念に舐《な》め。大輝は天音を見つめる。

「天音……」

「はぃ……ハァ……」

「最後の問題を片づけてこなくちゃならない。数日……会えない」

「わかり……ました…………」

問題とはなんだろう。気にはなったが、大輝の仕事に関係することだろうと自分で自分を納得させる。

（何日かは……会えないんだ……）

数日とはどのくらいだろう。一日か二日、三日くらいか。なんにしろそんなに長くはないだろう。それなのに、心の奥に冷たい風が吹き抜けていくよう。寂しさが募って、我が儘な自分が「いやだ」と拗ねる。

「それが片づいたら、俺は天音を抱く。いいな」

一瞬にして心に広がりかけていた孤独が吹き飛ぶ。驚いて見開かれた目の横に、大輝の唇が触れた。

「そんなに驚くな」

「……だって……、わたしに信じてもらうまでは……とか言っていたから……」

「もう充分に信じてもらっている気がする。天音は、一切いやがらずに俺に感じてくれている。……俺を信じて身を任せてくれているんだと思うのは……自惚れか？」

自惚《うぬぼ》れなんかじゃない。

天音は大輝を見つめ、小さく首を左右に振る。ふっと微笑んだ彼が、一瞬泣きそうなくらい嬉しそうに見えた。

「そのためには、どうしても片づけてこなくてはならないことがある。待っていてくれ」

「はい」

即答である。否定する理由などなにひとつない。軽く覆いかぶさった大輝が天音を抱きしめ、天音もしがみつくように大輝に抱きついた。

嬉しい。どうしても片づけてこなくてはならないことというのがなんなのかはわからないが、彼がそれを済ませて戻ってきたら、もうなにも心配をする必要はないんだという気がする。

そして、やっと彼に……抱いてもらえる。

「待ってます。嬉しい……大輝さん」

「もういやだって泣くくらい抱いてやるから、待ってろ」

「泣きませんよ」

「言ったな？　本当に泣くなよ」

顔を上げてズルい顔をする大輝を見ると、ちょっと自信がなくなってくる。いやではなくても、泣いてしまうかもしれない。……嬉しくて。

「なんたって、ずっと我慢しているから、朝まで抱いても治まらない気がして……」

「な、なんですか、その理由っ」

「正直な理由。週末までには戻ってくるから。金、土でお泊まり確定な」

「と、泊まりって……二泊……」

「二泊三日、ずっと天音を抱いていられるなんて、マズイ、考えただけで今から滾《たぎ》ってくる」

「た、大輝さん、エッチですよっ」

天音がムキになると、大輝はアハハと笑って彼女のひたいにキスをする。それから愛しげな眼差しを落とした。

「でも、ずっと一緒にいられる。考えて浮かれてしまうのは勘弁してくれ」

「はい……」

二人で微笑み合い、照れくさくなった天音は、なんとなく疑問に思ったことを聞いてみた。

「大輝さん、今までどこにいたんですか？　電話で『すぐ行く』って言ってから、随分と早かった気がして」

「近所のコンビニにいた」

「え？　どうして……。こんなところまで買い物に？」

「正確には、天音が帰ってくるのを待っていた。どうせタクシーで帰ってくるだろうから、降りるところを見届けたら電話をしようと思って。そうしたら予想外に徒歩だったから、ちょっと驚いたけど」

「引き上げるのが早かったので、電車で帰ってきたんです。それにしても、ずっとコンビニの駐車場で待っていたんですか？」

「そうだけど」

いつから待機していたのかは知らないが、コンビニのスタッフに不審がられなかっただろうか。

心配する天音をよそに、大輝は軽く笑う。

「大事な彼女が、俺以外の男と飲みに行っちゃったんでね。心配で待ち伏せストーカーになっていたんだ」

天音はアハハと笑って大輝に抱きついた。

「大輝さんのストーカーなら、大歓迎です」

大輝が戻ってきて、素直な気持ちで彼に抱かれることができたなら。両親に連絡をしよう。

彼と再びつきあうことになったこと。結婚を前提にと言われていることをシッカリと伝えよう。

両親は二年前に、父の事件が原因で大輝と別れたようになってしまった天音を、随分と気遣ってくれた。きっと、娘の幸せを喜んでくれるだろう。

もうすぐ、この二年間、胸の中を覆い続けた不安もわだかまりもすべて消えるのだ。

二年前のような幸せな日々がきっと戻ってくる。天音は、それを信じた。


「なんか、今日はご機嫌だね」

不意に声をかけられてドキッとした。顔を向けると、結加が隣から確認用の伝票を差し出しニヤニヤしている。

「そ、そうかな」

「うん、いつも以上に笑顔に張りがあるよ～」

　行内のカウンターなので声は極小さめだが、結加が「にひひ」と意味ありげに笑ったのがわかる。天音も伝票を受け取りながら苦笑い一歩手前の笑顔を返した。

（いけない。締まりのない顔になっていなかったかな）

　口元をキュッと引き締め、目の前の仕事に戻る。昨夜は大輝と大切な約束をして幸せ気分に浸ったせいか、今日は朝からいつも以上に気分がいいのだ。

　週末の約束をしたときは数日大輝に会えないのを寂しく感じたが、一晩経ってしまえば週末は明後日だ。今日明日、我慢すればいい。我慢というより、週末を楽しみにして過ごせばいいだけ。

　楽しみな日があると考えれば自然とウキウキするものだ。よって、今日の天音はとても機嫌がいい。

「こんにちは。聞きたいことがあるんですけど」

　カウンターの前に人が立った気配がする。出入金関係なら番号札を取ってもらわなくては。案内を頭に入れ、人当たりのいい笑顔で顔を上げた天音だったが、その顔のまま固まってしまった。

「こんにちは～、人質さん」

　軽さがにじみ出る端整な顔。昨夜バーで会った城田だ。確か昨夜も、彼は天音を「人質」と呼んだ。

この銀行で城田を見かけたことはないが、天音に覚えがないだけかもしれない。だとすれば失礼があってはいけないと、笑顔で受付整理券発行機のほうを手で示した。

「申し訳ございません、お客様。番号順にお呼びしておりますので、あちらで整理券を……」

「昨日、どうしてこなかったの？」

言葉が止まる。直感で、銀行に用があるのではないと悟った。

「待ってたんだよ？　奥に来るかなって……えーと、所沢天音さん？」

置かれた担当者名のプレートを眺め、彼はニヤニヤとしてカウンターに両腕を置き身を乗り出す。

「来なかったってことは、君のお連れさん、ちゃんと払ったんだ？　それにしても驚いたよ。まさかあんな場所に出入りしているなんて」

声を潜めて天音にだけコソコソと話す。ロビーにいる他の客には聞こえないかもしれないが、結加やバックオフィスの行員には聞こえているかもしれない。

他の客に聞こえなくたって、こんな体勢で話されては不審に思われる。天音はあくまで事務的に接した。

「申し訳ございません。業務中ですので、そのようなお話でしたら……」

「なーに真面目ぶってんの！　ハプニングバーに遊びにくるような女が！」

城田は急に声を大にする。カウンターから腕を離し、周囲に聞かせるように声を張りあげた。

「君、どこだかの偉い副社長とつきあってるんだろう？　それなのにあんな場所に通うなんて、驚きだ！　淫乱体質⁉　窓口でも男を物色してんの⁉　副社長は知ってんの⁉」

なにを言っているのかわからない。しかし行内でこんな騒ぎは困る。そう感じているのは行員みんな同じ。いち早く立ち上がった結加が天音の腕を掴んだ。

「天音、バックに」

天音が首を縦に振り起ち上がる。すぐにバックオフィスの課長が天音をうながして奥へ下がらせようとした。

テラーが対処できないレベルの言いがかりをつけられたときの対応策だ。下手に相手をしようとして手を出されでもしたら大変である。

「逃げるな！　説明しろよ！　ヤリマン女が、どうやってあの副社長に取り入ったんだよ！」

あの副社長とは大輝のことだろう。どことなく大輝にこだわっている気もするが、関わるべきではない。

すぐに警備員二人が駆けつける。店の外へ出るよう誘導するが「貧乏人が汚い手でさわるな」だの「パパに言っておまえの警備会社なんか潰してやる」だの、言い分がひどい。

店舗から通路に出ると、廊下を急いで歩いてくる人物がいる。船橋だ。騒ぎがもう伝わったのだろうか。

「男が暴れていると聞いたんだが」

「警備員が連れ出しました。所沢さんを避難させたところです」

課長が問いに答えると、船橋は気まずそうに天音を見る。いつもの船橋なら「怪我がなくてよかった」と気遣いの言葉のひとつもかけるはずなのだが、見るからに落ち着きがない。

船橋は課長を店舗へ戻し、天音にはついてくるように言う。落ち着きがないだけではなく焦っている様子も見てとれる。なにかあったのだろうかと思うと、いやな予感でいっぱいになった。

「支店長に伝わるの、早かったんですね」

「店からじゃなくて、お客さんに聞いたんだよ。所沢さんをからかいたい男が暴れに来る時間だって」

「それは……」

どういうことなのだろう。城田が天音に絡むのを知っていた人間がいるということか。

向かったのは応接室だった。それも支店長用の応接室だ。船橋に続いて中に入り、天音は目を見開く。

中央に据えられたソファに、見覚えのある女性が座っている。——紗奈だ。

「こちらは和泉紗奈さん。……融資の契約をしてくださった、クリーティカンパニーのご令嬢だ」

船橋が紹介をし、天音は驚いて頭を下げる。クリーティカンパニーは、天音が大輝と見合いをすることと引き替えに紹介された会社だ。

紹介してくれたのは大輝だった。まさか、彼が以前縁談を断った娘がいる会社だったとは。

「和泉様、当行の所沢です」

「知っているわ。まさかこの銀行の行員だとは思わなかった。父に聞いて驚いたのよ。二階堂家のご子息にしては、ずいぶんとレベルの低い女を引っかけたなとは思ったけれど」

ハアッとため息をつき、紗奈はコーヒーカップを手に取る。口元まで持っていったところで、紅く彩られた唇で嘲笑した。

「レベルが低いどころか、ハプニングバー通いのろくでもない女じゃない。大輝さんはご存じなのかしらね」

「それは誤解です。わたしは……」

「先日レストランで会ったとき、私と一緒にいた男を覚えているでしょう？　そのバーで彼に会ったんですって？　面白そうに話してくれたわ。それも、大輝さんじゃない男と一緒だったんですってね」

「会いました。ですが、そのバーはそんな場所では……」

「言い訳するんじゃないわ！」

城田と同じ誤解をしている。天音は慌てて頭を上げるが声を荒らげた紗奈にコーヒーカップを投げつけられ、驚いて身をすくめた。

中身がこぼれた状態でカップだけが天音の腕に当たる。特に割れることもなく床に転がりホッとしたものの、紗奈の剣幕は治まらなかった。

「私との縁談を断ったほどの男が、こんなロクでもない女に引っかかるなんて馬鹿にしてるわ！　どういうつもりなの！」

「違います。わたしが行ったのは普通に営業しているお店です。……そんな場所がどこにあるのかも知りません。聞いたこともないです」

天音は必死に否定をする。あのバーにいたことでこんな誤解を受けるということは、立野に連れて行かれていたあのバーは、知っている者だけが知っているもうひとつの顔があるということなのだろうか。

瑞葉が「店の奥」と言ったとき、立野が動揺したように思えた。

もしも「店の奥」というのがハプニングバーの入り口なら、天音が招待されそうな気配を察して慌てたとも考えられる。それなら立野は、あそこがそういった危険な場所であることを知っていて、同行を求めていたことになる。

人質というのはどう考えたらいいだろう。立野は瑞葉に話しかけたいから、場が持つように天音を連れて行っていたのではないのか。

紗奈は腕を組み、またもや大きなため息をつく。

「ホント不愉快。こんな女に負けたのかと思うと腹立たしいわ」

「負けた……？」

意味がわからなくてつい口から出てしまった。目を三角にして睨みつけられ、グッと唇を引き結ぶ。

「私との縁談は即断りを入れたくせに。大輝さんが選んだのがこんな女だっていうのが気に入らない。おまけにあなた、何年か前に二階堂グループに損害を負わせた責任者の娘なんですってね」

自分が一番よくわかっていることでも、詳細を知らない第三者に完全な悪者扱いをされると胸が詰まる。

しかし、これだけは言い返してはいけないことだ。

「父親は失脚。惨めねぇ。それでよく娘が同じ銀行に勤められているものだわ。面の皮が厚いというか。意地になってるっていうか。かわいそうねぇ」

かわいそうと言うわりに、口調に同情などは一切ない。

つまり紗奈は、大輝が天音を選んだのが気にくわないということなのだろう。

自分との縁談を断って、それからも知人としてつきあいのある自分には目もくれず、紗奈よりもレベルが低い女が選ばれた。

その事実が、なによりも気にくわない。それだからこうして、天音に文句をつけに来たのだ。

「そうか、大輝さんもかわいそうだと思ってあなたを選んだのかな。どう考えても憐れだものね。意地を張ってこの銀行にいる限り、知っている人にはずっと、『横領犯の娘』って陰口を叩かれるんだもの」

「父は横領なんかしていないし、そんな陰口で攻撃するような行員はいません」

とっさに口をついて出た。

自分を馬鹿にされるのは耐えられても、事件の上っ面しか知らない人間に、父を馬鹿にされるのはいやだ。

今度は口ごたえをしたと怒りだすのでは。思い立った瞬間身体が緊張するが、紗奈は顔いっぱいで憐《あわ》れみを表現した。

「馬鹿ねぇ。思ったとおりの馬鹿。陰口、っていうのは、本人が知らないところで言うから陰口なんでしょう？　他の人が言っているのをあなたが知っていたら、陰口にならないじゃない。それにね……」

紗奈はチラッと、ずっと黙っている船橋を視線で見やる。

「あなたの父親の話、教えてくれたのは支店長なんだけど」

一瞬息が止まった。冷たいものがスーッと背筋を流れていく。船橋がどんな教えかたをしたのかは知らない。しかしよっぽどな言いかたをしなければ「横領犯」なんて言葉は出てこないのではないか。

紗奈の言いかたは、疑う余地もなく天音の父を犯罪者と決めつけるものだった。そう感じても仕方のない説明を、船橋がしたのだろうか。

船橋に目を向けるが、向こうは天音から目をそらしたままだ。

「こんな女がいる銀行と取り引きしただなんて。父もなにを考えているやら。いくら大輝さんの頼みだったからって。……やっぱり、やめたほうがよかったんじゃないかしらね。こういうのは信用問題でしょう？」

「ですが、融資はすでに行われていて……」

さすがに慌てたのか船橋が口を出す。紗奈はハアッと大きな息を吐いた。

「そうなのよね。知るのが遅かったわ。ああ、気分が悪い。本当、気分が悪い」

片手でひたいを押さえ、チラリと天音を見る。

「……支店長、この子、表に出さないで」

「表に……とは？」

「窓口に出すなって言っているの。気分の悪い女が取引のある銀行で大きな顔をしてるのかと思うと、イライラする」

「ですが……当行の所沢は、顧客にも信頼のあるテラーで……」

「支店長」

天音を庇《かば》おうとした船橋の言葉を、紗奈は強い口調でさえぎる。傍らに置いていたバッグを肩にかけながら立ち上がった。

「いいのよ。融資が行われていようがいまいが、乗り換えることは十分に可能なんだから。こんな小さな地方銀行に頼るまでもないの」

「それは……！」

「わかりました」

焦る船橋の言葉を、今度は天音がさえぎる。大きめに発した声をいったん止め、紗奈に目を向けた。

「窓口には……出ないようにいたします。それで和泉様の気が済むのでしたら……」

紗奈はフンッと鼻で嗤って歩きだす。

「済むわけがないじゃない。馬鹿じゃない？　いっそ銀行からいなくなってほしいわ。大輝さんのそばからもね」

すれ違いざまに捨てゼリフをはき、ドアを開けた船橋に「見送りはいらないから」と告げて出て行った。

いつまでも響いて聞こえてくるヒールの音が、いかに立腹しているのかを伝えてくる。気まずさが残る室内でそれを聞き続けるのも苦しくて、天音は船橋に向き直り頭を下げた。

「お騒がせしてしまい、申し訳ございません。ただ、おかしなバーに行ったというのは、本当に誤解なので……」

「それはわかっているよ。所沢さんは、そんな怪しげな場所に出入りするような子じゃないからね。和泉さんは所沢さんが気に入らないから、悪いことばかり信じてしまうんだろう」

「ありがとうございます……」

まさかこんなことになるとは思わなかった。レストランで会ったときは、すでに大輝とは関係を断っている元お見合い相手で、今は知人としてのつきあいしかないと教えてもらったから安心していたのに。

断られても、紗奈は大輝に未練がある。あわよくば知人としてでもいいから彼の視界に入ろうと機会を窺《うかが》っていたのがよくわかった。

「不本意だけど、所沢さんはしばらく店舗のほうには出ないほうがいいかもしれない。疑って様子を見にこられでもしたら、またなにを言われるか」

「そうですね」

また城田に騒がれてはたまったものではない。それじゃなくても今日来店中だった客にどう思われたか心配なのに。

「支店長……、父のことは……」

責めるつもりで口にしたのではない。むしろ、紗奈が言うように天音がこの銀行に居続けることで、過ぎた事件をとやかく言われてしまうことを詫《わ》びようとした。

しかし、船橋はそうとはとらなかったようだ。

「い、和泉さんは、そういった事件があったというのをお父様から聞いたらしくてね。君がその娘さんなんだというのを知っていた。確認されたんだよ『間違いないのか』って。私も、ごまかすわけにもいかなくて……」

焦った様子で口にするものの、どことなく言い逃れ感が拭えない。

「そうですよね、わかります。いいんです、……仕方がないんです……」

場を取り繕おうと、天音も早々に理解を示す。仕方がないという言葉に、納得いかない気持ちを表してしまった気がした。

このままでは気まずいだけだ。天音は早々に話題を切り替える。

「支店長、私は、この先の業務を……どのように」

「ああ、そうだね。ひとまず……事務センターのほうに……。しばらく行ってもらって、やはり所沢さん指名の顧客が多いから、と理由をつけて窓口に戻ってもらう形にしよう」

「わかりました。窓口の引き継ぎのほうは」

「おそらくバックからヘルプで入っていると思うから、ひとまず課長のほうに。なにかあれば、その都度聞くようにしてもらえばいい」

「わかりました」

「窓口は忙しいから、少し骨休みするつもりでいれば気も楽だ。あそこは伝票整理が主な仕事だし。でも、所沢さんは真面目だから、倍以上効率よく進みそうだね」

船橋としては気遣って言ったつもりなのかもしれない。天音も仕方がないとは思うものの、他の行員が聞いたら、行内で起きた騒ぎの責任をとらされたと思うだろう。

骨休みと言えば聞こえはいいが、ようは閑職部署へ行かされるのだから。

「そういえば、最近臨時ヘルプの方が入っていたって聞いたんですけど。センターの業務に滞りでもあったんですか？」

　ふと思いだしたことを口にする。船橋の表情に緊張が走った気がしたが、天音は言葉を続けた。

「みんな心配していましたよ。監査でも入るのかなって」

「監査……いや、そんな予定はないよ。それに、書類は定期的に一定の量は廃棄しなくてはならないし、今までだってそれ専門にアルバイトが入ったこともあっただろう？　今回に限って心配する必要もないいんじゃないかな？」

　それもそうだ。考えてみれば「みんな」とは言ってしまったが、天音が聞かれたのは立野と結加の二人にだけ。

　――むしろ二人は、どうして気にしたのだろう……。

「そうですね。大きな取り引きのあとだからかもしれませんけど、気にすることでもないですね」

「そうか。その可能性はあるね。抜き打ちも有り得る。私もちょっと覚悟しておこうかな」

　二人でアハハと笑いあうものの、お互い本当には笑っていない気がした。

　その日は簡単な引き継ぎと締め上げの仕事で一日が終わった。

　締め上げは、その日一日の入金額と出金額を出して最終的に合わせていく作業。スムーズに進む日もあれば原因不明の金額で悩まされる日もある。この日は数百円合わない数字が出てしまったが、すぐに手数料関係のチェックミスだと判明し事なきを得た。

　翌日から少しのあいだ天音が事務センターに入ると聞き、憤りを見せたのは結加だ。

「どうして天音がそんな所に隠れてなきゃいけないの？　天音は悪くないじゃない。おかしな男が因縁つけてきただけでしょう？」

　紗奈の仕打ちは完全に私怨だ。だが「大きな取引先のお嬢さんの元お見合い相手がわたしの恋人で、わたしのことが目障りだから窓口に出るなって」……などという私情挟みまくりの説明ができるはずもない。

　数日で戻れるはずだからと、なんとか結加を納得させた。

「あーあ、むしゃくしゃする。天音、飲みに行かない？」

　納得……してくれたはずなのだが、結加の気分は治まらない。更衣室で着替えているときも仕草に苛立ちが窺える。勢いよく顔を向けた彼女に、天音は眉を下げて微笑んだ。

「ごめん、今日はおとなしく帰る。なんだか、こんな日は不必要に出歩かないほうがいい気がするし」

「そっか……。じゃあ、今度飲みに行こう。約束ね」

「うん、わかった」

　彼女の物わかりのよさに感謝をしつつ、天音は「お先に」と言って更衣室を出る。ひとりになったとたんに緊張が解け、身体が重くなり大きなため息が出た。

緊張が解けて身体が重いというのも滑稽話だ。おかしなクレーマーのとばっちりを喰《く》ったと同情を向けられ、言えない事情があるゆえに気を遣わせないよう明るく振る舞うことで必死だった。

本当は精神的にかなり苦しい。大輝のことで紗奈にあんなにも憎まれてしまうのもそうだが、父のことを悪く言われるのもつらい。

なにより、もしかして父を犯罪者に仕立てて話したのは船橋なのではないか。という疑問が湧いてしまうのが、とてもいやだ。

船橋は父の元部下として天音にもとても気を遣ってくれるし、いつも父の様子を聞いては元気でいることを喜んでくれる。

いくら問い詰められたからとはいえ、悪く言うはずはない。……と、信じたい。

もうひとつ、立野のことも気になった。

立野は、あのバーにもうひとつの顔があることを本当に知っていたうえで天音を誘っていたのだろうか。城田は天音のことを「人質」と呼んだが、それはなにか意味があったのだろうか。

瑞葉が天音を「奥の部屋」へ招待しようとしたときに急に慌てた立野の様子から、彼がなにかを隠しているように思えてならない。

気持ちが沈む。同僚を疑うのはいやだ。それも、入社当時からよくしてくれている先輩だ。

二年前、父の支店でトラブルが起こり、その噂《うわさ》はこの小さな支店にも伝わった。どことなく余所余所しく天音に接する行員たちに対して、声をあげてくれたのは立野だった。

『本当かどうかもわからない噂で態度が変わるのはどうかと思うし、そもそも所沢はなにもしてないしなにも悪くないだろ！』

すぐに賛同してくれたのは結加だった。あのときの恩は今でも忘れられない。

立野が瑞葉に会いに行くための〝ダシ〟になることを引き受けてしまったのも、このことが大きかったかもしれない。

「所沢」

トーンを落とした声音で呼ばれ、顔を上げる。廊下の向こうに立野の姿が見えた。彼はずっと外出していて姿を見なかった。今日の騒ぎは知っているだろうか。

「立野さん、お疲れ様で……」

言葉の途中で腕を強く引かれる。すぐそばの部屋に連れこまれ、暗闇の中で両肩を摑まれて壁に押しつけられた。

「おまえ、俺の名前を出したのか？」

「え？」

「窓口でおまえに因縁をつけた男って、昨日のバーで会った男なんだろ？　俺と一緒だったって、誰かに言ったのか？」

今日の一件は知っているようだ。立野の声は真剣で焦りが感じられた。口調はどこか喧《けん》喧嘩腰《かごし》で、冗談でも「言った」とは言えない雰囲気だった。

「言ってません。絡んできた人も、そのあとも、誰と一緒だったとかこだわっていなかったし」

「本当に？」

「本当です。聞かれてもいないのに、言う必要もないです」

立野はハアッと息を吐きながら項垂れる。すぐに顔を上げ、天音を睨むように見た。

「……聞かれても……言うな。いいな」

「それは構いませんけど……」

なぜこんなに焦っているのだろう。同僚と一緒に飲みに行った。ただそれだけの話だ。

それでも、思い当たることがあるとすれば……。

「立野さん、わたしが〝人質〟って、なんのことですか？」

肩を摑んだ立野の手が震える。天音はそのまま質問を続けた。

「昨日も今日も、あの男性はわたしに『人質』っていう言葉を使いました。なぜなのかわかりません。おまけに、昨夜〝奥の部屋〟にこなかったのは、連れが『ちゃんと払った』からだとも言っていました。いったい、なんのことで……」

話しているうちに、信じたくない疑念がハッキリと像を結ぶ。毎回、立野が瑞葉に渡すプレゼントが脳裏をいっぱいにした。

いつも、細長くて薄い包みだ。スカーフやハンカチだろうかと思っていたが……。もしや、あの中身は……。

「よけいな詮索はしなくていいから、とにかく、俺の名前は出すな。いいなっ」

かなり強い口調だが、大声は出せない。ドアの外からは行員同士の話し声が通りすぎていく。

いつも渡しているものがお金だとしたら。立野はなにか脅されるなどして、金を支払わなければいけない事態になっている。

金を渡すために天音を連れて行っていた。考えたくはないが、もしその金額を渡せなかったら、天音を〝奥の部屋〟に招待するという約束ができていたのでは……。

あのバーの〝奥の部屋〟はハプニングバーというものなのではないか。名前と噂しか知らないが、意気投合した男女がその場で淫らな行為に及ぶ、いわば乱交場だと聞いた。

——人質。

ゾクッと……冷水を浴びせかけられたかのように臓腑《ぞうふ》が冷えた。

酔い潰れたら店の奥で休んでもらうと瑞葉が口にした直後、立野がむせ、急いで包みを渡した。

あれが、催促だったとしたら……。久しぶりに店に行ったのなら、立野はしばらく指定されたものを渡していなかったということだ。

——さっさと出すものを出さないと、人質を奥に放りこむぞ……。そんな意味がかくれていたのだとしたら……。

「立野さんっ」

天音は肩に置かれた立野の腕を摑み、身を乗り出した。

「なにかトラブルに巻きこまれてるんですか？　わたし、相談にのります」

「おまえ……」

「内容によっては、警察に相談しましょう？　わたしも行きますよ。泣き寝入りなんて駄目です。わたしで力になれることなら……」

「よけいなことするなっ」

天音の肩から手を離し、立野は彼女の手を振り払う。一歩下がり、大きなため息をついた。

「……いいから……とにかく、おれと一緒だったとか、そういうことは言わないでくれ。それだけでいい」

「でも、このままじゃ……」

「いいからっ」

トーンは落としたまま、強い口調。天音の言葉を止め、立野は苦しそうにうつむいた。

「……ったく、なんでおまえら親子はそうなんだよ……。人のことより、自分のこと考えろよ……。そんなんだから……つけ込まれるんだよ……」

「親子……？」

思いがけない言葉が耳に残り、口をついて出る。なにかを聞きたそうにしている天音に構うことなく、立野はそのまま出て行ってしまった。

暗い部屋に残された天音は、そのまま動くことができない。

予想だにしなかったことが起き、ぐるぐると頭の中を回っていて、頭のどこになにを収めていいのかわからない。

立野が、なにか金銭がかかわるトラブルに巻きこまれているのは間違いなさそうだ。あのバーは、決して意中の人に会いたいから行っていたわけではないというのも察しがついた。

そのトラブルがなんなのかも気にはなるが、それ以上に、彼が残した言葉が気になる。

——なんでおまえら親子はそうなんだよ……。

「……親子」

これは、天音と父のことを言っているのではないか……。

——そんなんだから……つけ込まれるんだよ。

「つけ込まれるって……なに？」

立野は、なにを知っているのだろう。

これはもしかして、二年前の父の事件と、関係があるのだろうか……。

思考がぐるぐると迷走する。

いろいろな出来事が頭をめぐって眩暈《めまい》がしそうだ。

なにかが解き明かされそうな期待感とともに、天音は地の底から這《は》い上がってくるような恐怖感に襲われ身を震わせた。

＊　＊　＊　＊　＊

小さなアパートだった。

それでも築年数は浅いし、最寄り駅にも近く周辺も静かで環境はいい。

二階に続く外階段近くには、小さな植え込みに合わせたガーデンライトが備え付けられている。街灯と合わせて灯りを提供してくれるので、夜でも周囲が真っ暗になることはない。

その階段をのぼり、大輝はひとつのドアの前で立ち止まった。

小さなプレート式の表札には【所沢】とだけ記されている。

その表札をしばらく眺め、意を決してチャイムを押す。しばらくしてインターフォンから『どちらさまですか』と、おだやかな女性の声が聞こえた。

「ご無沙汰しております。……二階堂大輝です」

インターフォンからは、なんの応答もなかった。繋がっている気配はするが、相手が言葉を失っている雰囲気だ。

予想していたことだ。ここで急いてはいけない。

大輝は黙って相手の動きを待った。

インターフォンが切れる。ドアの向こうで物音が確認できるまでが、ずいぶんと長く感じられた。

大輝はまぶたを閉じ、天音の笑顔を思いだす。両手をグッと握りしめ、ドアがゆっくりと開く音とともにまぶたを開いて、こぶしを解く。

開かれたドアの向こうに見えた男女にホッとしつつ、深く頭を下げた。

「突然の訪問になりました失礼を、どうぞお許しください。所沢さん」

目の前にいるのは、天音の両親だ。

大輝は、この最後の仕事を、なんとしてでもクリアしなければならない。

そうしなくては、天音を、本当の意味で手に入れることはできないのだ。

「なんのご用ですか。二階堂さん」

天音の父親の声は相変わらずおだやかだ。おだやかで、厳しい。

——二年前、天音と別れるよう、大輝を説得したときのように。

大輝は顔を上げ、天音の父親を真っ直ぐに見据える。

「本日は、天音さんとのおつきあいを、ひいては結婚をお許しいただきたく、参りました。——二年前のお約束は、果たせたと思っております」

両親の表情が動く。驚いたような、困惑するような様子だった。

まさか大輝が、本当に二年前の約束を果たして、再び天音との結婚の許可を求めにくるとは思っていなかったのだろう。

「私は、今でも天音さんを愛しています。この気持ちは、二年経っても変わりません。これからも、ずっと……」

大輝は再び深く頭を下げる。

天音に言った、——最後の問題を完璧にクリアするために。

第四章　すべてがリセットされるそのときに

いろいろと考えることが多すぎて、心身ともに疲弊感がすごかった。

家に帰ってもなにも食べる気も起こらず考え事ばかり。考えれば考えるほど、疑問も気持ちも重くなってしまう。

そんなとき、大輝からメッセージが届いたのである。

彼が最後に片づけなくてはならないと言っていた仕事は、ちょっと難航しているという……。

絶対にクリアして週末には迎えに行くからと書かれていて、少し気持ちが浮上した。

大輝がやっても難航するほどだ。きっと大変な仕事なのだろう。それでも彼は頑張っているのだから、天音も沈んでばかりいないで前向きに考えていこう。

彼に会ったときに相談するのもありかもしれない。少しは、このモヤモヤの解決策が見つけられるかもしれない。大輝ならきっと見つけてくれる。

——気を取り直して出勤した翌日。

天音が向かったのは、もちろん、しばしの勤務場所となる事務センターだ。

「びっくりだったよ、所沢さんがしばらくこっちだって聞いて。まあ、楽にやってくれたらいいから」

天音の顔を見て、事務センター主任の遠野《とおの》はハハハと声をあげて笑った。

小柄でふっくらとした体形の遠野は、怒った顔を見た人がいないと言われるほどいつも笑顔だ。髪が薄くなりはじめたころに潔く坊主頭にしてしまった彼は、定年も間近である。はちふく銀行に入行して、出世にも興味を示さず地味にコツコツと仕事をこなしてきたという彼。五年前にプラザ支店事務センターの主任になった。

主任といっても事務センター所属行員は遠野だけだ。ときどきパートや派遣職員、臨時のヘルプなどがセンターの仕事を手伝う。

主な業務は書類整理。デジタル化が進んだとはいえ、銀行はまだまだ書類や伝票関係が毎日山のように出る。保存期間が切れたそれらを廃棄処理するのだ。

いわゆる閑職部署。わかりやすく言えば、窓際だ。

銀行の顔ともいわれるテラーから一時的とはいえ閑職へ回されるのだから、結加が憤ったのも無理はない。

「あんなにたくさんの人の前で、いつも笑顔で大変だなと思ってたんだよ。ここにいるときは気を抜いていいからね。表情筋を休ませてあげなさい」

遠野は遠野なりに気遣ってくれているようだ。人のことは言えないくらい表情筋を駆使していそうなニコニコ顔が、ほんの少し翳《かげ》る。

「ありがとうございます。そうします」

気持ちはありがたく受け取り、天音はチラリとオフィスの片隅を見やる。ちょっと声を潜めて遠野に尋ねた。

「あの……あの方は……」

事務センターは書類保管室の隣にある。書棚の他にはデスクが三台と壁側に長机が一台。長机には裁断機とシュレッダーが置かれている。そのシュレッダーの前に立って、廃棄書類を挿しこみ続けている女性がいるのだ。

天音が来たときからずっとやっている。シュレッダーの音が響く中、こちらを振り向きもしない。

うしろ姿を見る限り、まだ若いように思う。長いストレートの髪をうしろで一本にまとめた、細身の女性だ。

シンプルなカットソーに細身のパンツというういでたち。制服を着ていないし、この支店の行員ではない。

「彼女はね、数日前から来てくれている臨時のパートさんで、春日《かすが》さん。もう辞めてるけど、昔はこの銀行の違う支店にいたんだよ」

「そうなんですか。……あっ、もしかして、支店長の昔の部下……っていうパートさんですか？」

遠野の説明から、船橋の昔の部下が臨時のパートで書類整理を手伝っているという話を思いだした。すると、遠野が口元に手を立てて小さく手招きをしたのだ。

なにか大きな声では言えないことを言いたいようだ。天音は身体をかたむけて耳を近づける。

「……支店長が前にいた中央支店で部下だった子なんだけどね。そのころ、支店長の愛人だったんだよ」

「あいじんっ⁉」と、叫んでしまいそうだった声を、天音はすんでのところで抑える。遠野が苦笑いでうんうんとうなずくなか、言葉を出せなかった口を半開きにしたまま春日という女性に視線を向けた。

驚きだ。まさかあの船橋に、そんな女性がいたとは。

「朝一番で来て昼には帰ってしまうけど、黙々と仕事をする人でね。仕事がわかっているぶん説明も指示もいらないから楽なんだ。ただ今週いっぱいなんで、明日で終わりなんだけど」

遠野は気楽にアハハと笑う。天音もお愛想笑いでそれにつきあい、様子を窺《うかが》いながら春日に近づいた。

彼女は一心にシュレッダーを動かしている。天音が入ってきたことも遠野と話をしていたことも気づいていると思うのだが、まったく他には関心を示す様子がない。

天音が真横に立って彼女を見ていても、彼女はシュレッダーを見つめたままだ。他のことに関心がないというか、関心を持つ必要はないというスタンスなのだろう。

メガネをかけた化粧っ気のない顔。それでも目鼻立ちが整っているので、きちんと化粧をしたら化けるのではないかと思える。口元のほくろは少々大きめ。地味な雰囲気で、誰かの愛人だったなんて想像がつかない。

首から提げられた入行証には、春日智代《ともよ》とフルネームが記されていた。

「あの……春日、さん」

天音が声をかけると、やっと彼女が目を向けてくれた。しかし一瞬見ただけで、すぐにまたシュレッダーに書類を差しこみはじめる。

手に持つファイルから数枚取り、ときどき一枚よけてはまた数枚挿しこむを繰り返していた。

「はい、なんでしょう」

それでも返事をしてくれる。完全に無視されたわけではない。天音はホッとして言葉を出した。

「わたし、所沢といいます。しばらくセンター勤務になりますので、よろしくお願いします」

シュレッダーの音が響くなか、智代がわずかに会釈をし「よろしくお願いします」と言ってくれた。そこからは再び無言で、天音がまだ横にいるというのに視線をくれもしない。

徹底的に人と関わりを持ちたくないタイプらしい。ますます愛人という言葉とはかけ離れた印象が強くなる。

それでも……。

（なんだろう……いい香り）

彼女のそばによると、かすかにいい香りがする。甘い香りだ。香水だろうか。天音も嗅いだことがあるように思えた。

愛想がないように見えて、見えない部分でお洒落《しゃれ》を感じさせるなんて、ちょっと憎い演出ではないか。こういった密やかなところを船橋が気に入ったという可能性もある。

（それにしても……支店長が愛人ねぇ……）

前の店ということは、天音の父の部下だった副支店長時代だ。そのころは大きな支店だったし、プラザ支店とは比べものにならないくらい行員やパートもいただろう。そのぶん、人間関係も複雑だ。

父は知っていたのだろうか。臨時のパートで呼び寄せるということは、二人の関係はまだ続いているのだろうか。

よけいな詮索をしながら智代を眺めていると、彼女がチラッと視線をくれた。

「まだ、なにか？」

「あ、いいえ、なんでもないです。朝早くから頑張ってすごいなって思って」

思いつきで理由を作って、アハハとごまかし笑いをする。智代がそのまま作業を続けるので、天音は「邪魔してすみません」と言ってその場を離れた。

遠野が笑顔ながら仕方がないと言いたげに見ている。天音も仕事を始めようと、書類保管室へ向かった。

――そこからは、ひたすら廃棄書類との戦いである。

智代は昼で仕事を終えて帰っていった。本当に黙々と仕事をする人で、彼女が帰るときに「お疲れ様でした」と言った以外、話すことも関わることもなかった。

そしてお昼は、なんと遠野がラーメンを食べに連れて行ってくれたのである。

プラザ支店近くにある商店街の小さなラーメン屋。こんな近くにあるというのに入ったのは初めてだ。カウンター席が十席程度だろうか。

遠野お薦め、豚の角煮と煮玉子、たっぷりの白髪ねぎがのった醤油《しょうゆ》ラーメンは、見ているだけで引っこんでいたはずの食欲が引っ張り出される。

長い髪をうしろで束ね、天音は勢いよく割り箸を割った。

「美味しそー、いただきまーす」

「うんうん、替え玉頼んでもいいからね。でもすまないね、若い女の子だったら、お昼は洒落た喫茶店とかでランチとやらのほうがいいんだろうけど。なんてったっけ、カフェご飯だっけ？」

隣でスープをすすりながら、遠野がちょっと申し訳なさそうにする。白髪ねぎをスープに浸し麺と一緒にすすりこんで、天音は頰を両手で押さえ咀嚼《そしゃく》した。

「ん～～～、おいし～～～～。あっ、遠野さん、そんなことないですよ、すっごく美味しいですっ。ラーメン屋さん嬉《うれ》しいっ。わたし、働きはじめてからお昼に外食したのって、初めてかもしれません」

「テラーは忙しいもんね。いっつもお弁当だっけ?」

「まちまちです。たまに作るのをサボってコンビニで買ってきたりします」

「おっ、自分でお弁当作ってるんだ? 偉いね」

「そんなことないですよ〜」

話しながらもラーメンは順調に減っていく。カウンター席なので仕方がないとはいえ、相手の顔も見ず、お喋《しゃべ》りしながら食べるなんてなかなかない。

何気なく言ったが、お昼を外で食べるなんて銀行に就職して初めてだ。

業務時間内、特に店舗を開けている十五時までは時間に追われて仕事をしている。テラーは交代で昼食に入るが、休憩時間とはあるようでないようなもの。食べたらほどなくしてすぐ仕事に戻る。

特に忙しい五十日《ごとうび》などは食べられないときもあった。

「テラーも大変だけど、営業とか融資担当とか、若い子が頑張ってるとときどきハラハラするよ。営業なんて、銀行の花形職なんて言われてるけど、実際はノルマやら成績やらでノイローゼになりそうなくらい大変だからね」

遠野の話に一瞬手が止まる。——立野を思いだしたのだ。

「ノルマや成績を気にしすぎて、悪いことに手を染めてしまうこともある。そんな人を何人も見てきた。みんな、無理しないでほしいなって思うんだよ。……まあ、呑気《のんき》に裏方で眺めている僕が言っても『おまえになにがわかる』って怒鳴られるだけだろうけど」

照れくさそうに笑う遠野に目を向け、口に入れた煮玉子の半分を味わう前にごくりと呑《の》みこみ、天音は急いで言葉を出す。

「そんなことないですよ。だってみんな頑張りすぎてるところはあるし……銀行のために仕方がないことだけど……。ストレスマックスで、羽目を外さなきゃいいなって……」

……立野も、羽目を外してしまったのだろうか。外した結果、なにがあったのかはわからないが人質を立ててお金を渡すようなことになってしまったのか。

「ストレスマックスか……。そうだね。……ある意味、羽目を外しすぎたのは……あの人かもしれないな……」

「あの人？」

今度こそは味わって食べようと煮玉子のもう半分を箸に取る。が、遠野が続けた言葉に、天音はその半分を箸ごと落としてしまった。


十五時、銀行がシャッターを下ろす。

この時間になれば天音が店舗に顔を出しても問題はない。

「やっぱり天音が隣にいると落ち着くわ～」

結加が大きな息を吐きながら椅子にもたれかかり、両腕を前に出して伸びをする。今日の伝票を整えながら天音もおどけて笑って見せた。

「やっぱり？　そうでしょ、そうでしょっ」

締め上げ作業は慣れた人間がいたほうがいい。ということで天音が呼ばれたのである。頼ってもらえるのは嬉しいのだが、書類保管室で調べたいことができた直後だったので気分は複雑だ。

「そういえばね、あの男、様子を見に来てたよ」

結加がいやそうな声を出す。天音は手を動かしたまま聞き返した。

「あの男？」

「昨日の。自分一人がかっこいいと思っていそうな男」

昨日窓口で騒ぎ立てた城田のことだろう。本当に天音が窓口にいないか見にきていたらしい。それにしても、結加の言いようがなかなかに辛辣だ。

「入ってこようとして警備員に呼び止められたんじゃない？　なんかまた揉《も》めてたよ。やだよねぇ、迷惑」

「ヘンなの引き寄せちゃってごめんね」

「なに言ってんの、天音のせいじゃないよ。優しい人間につけ込もうってやつが悪いの。いやらしいよね、ほんと」

仕事を続けながら、天音はまたも立野の言葉を思いだす。

――そんなんだから……つけ込まれるんだよ。

考えるたびに心がザラリとする。いやな予感がふつふつと湧いてきて、焦燥感が募る。

（まさか、まさか、まさか……）

そんな単語でいっぱいになって落ち着かない。

「たまにいるよね。用もないのにカウンターで話しかけてくる男とか、待ってる時間が暇だからって話しかけてくるおじいちゃんおばあちゃん。こっちは仕事してんだっつーの。今日もさ、座って待っていてほしいのにずっとカウンターの前に立ってこっちを眺めている男がいて……。警備員さんが誘導してくれたけど気持ち悪いしイライラするしっ」

強い口調で言ってから、結加は大きなため息をつく。

「あんなおかしなやつのせいで天音が犠牲になってさ。やってらんないよね。天音、終わったら飲みに行かない？　ストレス発散できるところあるよ」

「うん……ごめん、終わったら、ちょっと調べたいことがあって……」

「またフラれた」

「あ……」

そういえば最近、結加の誘いを断ってばかりいる。天音は両手を合わせて上目づかいに眉を下げる。

「ごめん。なんかちょっといろいろと重なっちゃって。片づいたら飲みに行こう」

「もー、そんなかわいい顔されたら『わかった』って言うしかないじゃない。いいよ、約束ね」

「うん、約束」

女同士でエヘヘと笑いあう。結加のおかげでわずかに気持ちがなごんだものの、背後から「楽しそうな話はあとにしような〜」と課長のチェックが入り、二人は仕事に戻ったのである。


締め上げも問題なく終わり、ファイリングなどの仕事も順調に終えて、天音は着替える前に事務センターへ戻った。

ちょうど遠野が帰るところで、天音は調べたいものがあるからとオフィスの施錠を引き受けたのである。

しんとしたオフィス内には、遠くの廊下で帰宅の挨拶を交わす行員の声がかすかに響いてくるのみだ。自分の息づかいが大きく聞こえるのはなぜだろう。緊張しているからだろうか。

天音は必要もないのに周囲をキョロキョロと見まわし、そっとデスクに近づいた。

自分が使っているデスクではない。

智代が使っているものだ。

サイドデスクの一番下の引き出しを開く。息づかいに加えて心臓の音まで耳に響きはじめた。

こんな、覗《のぞ》き見のようなことをするのは初めてだ。おまけに天音が考えた通りならとんでもないことになる。

それを思えば緊張するのは当然。あまりに緊張しすぎて吐きそうだ。おまけに手まで震えてきた。

こんなことではいけない。確かめなくてはいけないのだ。

——父の、潔白を証明するためにも。

——堂々と、大輝の腕に飛びこんで行けるように……。

そこには、明日の朝から処分するために用意してあるのだろう書類や伝票が、Ａ４サイズのデスクトレーに入れられている。

山になったそれを、天音は崩さないようゆっくりと取り出そうとした。……しかし、その手は途中で止まり、トレーから離れる。

自分がやろうとしていることが……怖い。

今の自分は、確証のない思いこみで人を疑い、それを確かめようとしている。

この考えがもしも間違いだったら。罪悪感に苛まれることになりはしないか。予想で人を犯罪者にしようとした自分の考えに、一生苦しめられるのではないか。

両手を胸の前で握り合わせ、戸惑いを紛らわすように手のひらを擦る。奥歯を噛《か》みしめ唇を引き結んだ。

……やはり、やめておいたほうがいいだろうか……。

そのとき、突然電子音が響いた。

「きゃっ‼」

驚きのあまり、大げさなほど身体が飛び上がった。電子音といっても、メッセージの通知音が天音のポケットに入ったスマホから響いただけだ。

「び……びっくりした……」

それでもこの静けさと緊張感の中だったので、心臓が止まりそうなほど驚いた。鼓動がバクバクいって冷や汗が出てきた。

しかし気持ちをリセットするにはいい機会だったかもしれない。天音は一度大きく深呼吸をしてからスマホを確認する。

大輝からだ。

〈最後の問題をクリアした。明日、迎えに行くから銀行で待っていてほしい。いろいろと説明をしなくちゃならない。〉

どうやら片づけなくてはならないと言っていたことは上手くいったようだ。

明日金曜日は、大輝が天音を抱くと宣言した日ではないか。

（大輝さん、お仕事上手くいったんだ。よかった）

お疲れ様と返そうとしたとき、追加でメッセージが入る。

〈愛してるよ、天音。俺を待っていてくれて、ありがとう。おまえのために、すべてカタをつけてくるから。〉

「ひゃぁ……っ」

思わずおかしな声が出てしまった。頬があたたかくなって、緊張しているのとは違う意味で鼓動が高鳴る。

（大輝さん……）

天音のためにカタをつける、というのがなんのことかはわからない。けれど、大輝は天音のためになにかをしてくれているのだ。

天音と、ちゃんと手を取りあうために……。

両手でスマホを握りしめてから、天音はメッセージを返す。

〈わたしも、大輝さんの腕に飛びこめるように頑張ります。大好き。〉

すぐに既読にはならなかった。彼はまだ仕事中かもしれないし、車の運転を始めたのかもしれない。あとで読んでもらえれば、それでいい。

紗奈のことや、しばらく事務センターに入ることになったことは会ったときに話せばいい。

……事によっては、もっと重要な話をしなくてはいけないかもしれない。

天音はスマホをポケットに入れ、開けたままの引き出しを見つめる。

うろたえているときではない。もし、もしも天音が考えたとおりなら、そのときは、追及するまでだ。

天音には大輝がいる。きっと、彼が力になってくれる。

天音はごくりと空気を呑み、再びデスクトレーに手をかける。ゆっくりと持ち上げ床に置くと、その下に置かれていた書類封筒を取り出した。

今日一日、とはいっても昼までだが、智代の仕事を見ていてなんとなく引っかかったのだ。

彼女は実に素早く、黙々と作業をこなす。だからこそ、その行動の不可解さに気づいた。

保管室から選んでくるファイリングされた伝票や書類は、すべて保存期間がとっくに過ぎたもの。廃棄対象ならばそのまますべて切断なりシュレッダー処理でいいはずだ。

けれど彼女は、ときどき一枚抜いてはよけることを繰り返した。

たまたま一枚抜いてメモ代わりにした、というものではない。明らかに内容に目を走らせ、意図的に抜いていたように思える。

抜いたものはさりげなく書類封筒にまとめ引き出しに。上には大量の廃棄対象を重ねた。慣れていない人なら、処理していい書類かどうか迷ったという言い訳もできるが、仕事慣れしている彼女ならそんなことはあり得ない。不自然さしかない。

玉紐《たまひも》を解き、封筒を開く。中には書類と伝票が入っている。天音の考えが正しければ……これは……。

入っているものを床に広げ、天音は目を見張ると同時に息が止まる思いがした。

伝票や書類は、プラザ支店のものではない。ここにあるはずがない、中央支店のものだ。

そして、書類や伝票の保存期間は最低でも七年。それなのに、これらには二年前の日付が入っている。

所々に見える、二階堂グループの名前。

――二年前の、システムダウンに関係した書類だということは、すぐに察しがついた……。


翌日の仕事は、朝から何事もなく進んだ。

智代が事務センターに出入りするのは今日が最後。だとすれば、例の書類を持ち出すはずだ。

ただ、どうやって持ち出すのかが疑問だった。鞄《かばん》に隠そうにも私物はロッカーに入れている。服の下に隠せるようなものでもない。来週からこない人間が、大きな書類封筒を持ってオフィスを出て行けば、持ち出しをしていますと言っているようなもの。

今日は書類を抜くことなく黙々と作業をしている。目当てのものはすべてまとめたということなのだろうか。

彼女が仕事をあがる数分前、船橋が事務センターへやってきた。

「ご苦労様、所沢さん、どうだい仕事のほうは」

天音の様子を見に来た様子で近づいてくるが、その前に智代と視線を合わせていたのがわかる。それに気づかないふりをして笑顔を見せた。

「順調ですよ。なんの問題もありません」

「そうかい。それはよかった。引き続き頼むよ」

「はい」

船橋はすぐに智代に声をかけた。

「春日君もご苦労様。手伝ってもらえて助かったよ。本業が忙しいのに、悪かったね」

「いいえ、とんでもないです。あ、そうだ……」

智代は立ち上がって頭を下げたあと、サイドデスクの三段目を開ける。そこから見覚えのある書類封筒を出して船橋に渡したのだ。

「こちら、頼まれていたものです」

「ありがとう。助かったよ」

「支店長、なにか探し物だったんですか？　言ってくれれば出したのに。だいたいの日付でわかりますよ」

二人のやり取りを見ていた遠野が口を挟む。封筒を受け取った船橋は軽く笑って応えた。

「いやいや、間違って紛れこんだ書類を探してもらったんだよ。見つかってよかった」

「そうですか。そろそろ抜き打ち監査が入りそうだし、気をつけとかないといけませんからね」

「監査って、本当に入るんですか?」

今度は天音が口を挟む。遠野が笑いながら手を振った。

「時期的にそうかな、ってだけの話だけどね。長く勤めていると抜き打ちのタイミングが計れるようになってくるんだよ」

「ええっ、すごいですねっ」

感心した声をあげると遠野はえへんと胸を張る。そうしているうちに正午になったらしく、智代がデスクを片づけはじめた。

片づけといっても簡単なものだ。すぐに遠野のデスクの前にやってきた。

「では私は失礼いたします。お世話になりました」

「いやいや、お世話になったのはこっちだよ。春日さんは仕事が速くて助かった。ありがとう」

「おそれいります」

会釈をしてから天音に顔を向ける。

想だ。

「はい、ありがとうございます。お元気で。──瑞葉さん」

イチかバチかだった。確証はない。いろいろな話を組み合わせた結果に出た、ただの予想だ。

だが、天音を見ていた智代の目が三角になり吊《つ》り上がる。

──頼りがいのある姐御肌《あねごはだ》の美人。メガネを外してメイクで口元のほくろを消せば、見知ったバーテンダーの顔が重なる。

「違う違う、智代さんだよ。人の名前を間違っちゃ駄目だな、所沢さん」

やんわりと遠野に注意をされ、天音も「すみませーん」とやんわり返した。

表情を戻した智代がオフィスを出て行く。そのあとを船橋が追った。天音も素早く立ち上がる。

「名前間違っちゃったこと、ちょっと謝ってきます」

「あ、うん」

一人不思議そうな顔をする遠野を残して、天音は廊下に飛び出し歩きながら呼びかけた。

「支店長！」

船橋が立ち止まり振り向く。なぜかその少し前を歩いていた智代も立ち止まった。

距離を詰めないよう立ち止まり、天音は声を抑える。

「……わたし、その封筒の中身、なにが入っているか知ってます」

船橋は表情を変えない。それでも、封筒を握る手に力が入った気がした。

「そのことで、お話がしたいんです……。仕事が終わったら、お時間をいただけますか」

しばしの沈黙。中身を知っていると言われて、関係ないとは言えないはずだ。天音には関係がありすぎる。思ったとおり、船橋が諦めたように息を吐く。

「わかった。仕事が終わったら、支店長室へきなさい」

「ありがとうございます。では、のちほど」

約束を取り付けたことにホッとしつつ、会釈をして背を向ける。直後鋭い声が飛んだ。

「どうしてわかったの？」

智代の……というより、シャキシャキとした瑞葉の声だ。天音は振り向くが、彼女は背を向けたままだった。

「……春日さんから、とてもいい匂いがしたんです」

「匂い？」

「甘い香り。パッションフルーツの……。パッソアの香りです。瑞葉さんはパッソアが好きで家でも飲むって。リキュールの匂いがするってスタッフにからかわれるって言っていたから」

「そう……」

「もちろん、それだけではないんですけど。いろいろと考えて、あなたが瑞葉さんである可能性が高いと思ったんです」

彼女は返事をしなかった。振り向きもしないまま歩きだし、船橋も距離を置いてあとを追う。二人の姿から目をそらし、天音は早くなる鼓動を手で押さえながら息を吐いた。

もう、知らないふりはできない。このまま追及していくしかないんだ。黙っていていいことではないのだから。

顔を上げると、廊下の向こうに立野が立っているのが見えた。今のやり取りを聞いていたのだろうか。聞こえていたかはわからないが、なにか深刻な話をしている雰囲気は伝わっているだろう。

「立野さん、お疲れ様です。今日もお昼は車の中ですか？」

昨日のことなど忘れたように話しかけながら近づく。立野は深刻な顔をしたままだった。

「あまり無理はしないでください ね。ストレス溜《た》めて身体を壊したら元も子もないし。立野さんが倒れて寝こんだら、アスパラとベーコンのペペロンチーノ、ねだる人がいなくなっちゃいます」

あとのセリフは、えへっと笑っておどけてみせる。まったく構えず接する天音になにかを感じたのか、立野は片手で顔を押さえてうつむいた。

「……んなもん……彼氏に吐くほど食わせてもらえるだろうが……」

ちょっと笑っている気がする。怒りだす様子がないことにホッとした。

そのままの状態でしばらく黙った立野だったが、静かな声で言葉を発した。

「所沢、おれさ……あのバーで、毎回、金を渡してたんだ……。毎月、五十万」

「……はい」

昨日予想したとおりの告白であるせいか、取り乱すことなく冷静に聞ける。立野も天音が気づいたと察しているのだろう。特にうろたえる様子もない。

「立野さん……、どうして、そんなお金、渡すことになってしまったんですか。それに毎月そんなお金……どこから……」

考えたくはない可能性だった。しかしいつから払っていたのかは知らないが、毎月五十万なんて金策が普通にできるはずがない。

天音が立野に連れられてあのバーに行くようになったのは一年前。その前からお金を渡していたとしても結構な金額になる。

「……船橋支店長がここの新しい支店長になったころ、ノルマと条件がすごく厳しくなった時期があって……。俺だけじゃなくて営業全体も融資担当も、血眼になった……」

「覚えてます。テラーにも斡旋《あっせん》ノルマがかかったし、あのころ、各種保険の特設スペースもできていました」

新支店長張り切りすぎと苦笑いしつつ、みんなが一丸となって支店の業務成績を上げた時期がある。

もともとチームワークがいい支店だというところに加え、船橋が全行員の前で頭を下げたことで士気が上がったのだ。

船橋の態度は潔かった。ただ上から「成績を上げろ」とものを言うのではなく、中央支店のトラブル絡みで異動になり支店長という立場を与えられて試されていること、支店の業績を上げられなければ自分にあとはないこと。それをハッキリと告げ、力を貸してほしいと部下たちに懇願した。

彼のやりかたは正しかった。みんな、新しい支店長のために頑張った。

……けれど、口で言うほど簡単ではなく、立野が言うとおり営業や融資担当、保険部門の行員はかなり疲弊していた。

「忙しすぎてストレスマックスで、気が狂うんじゃないかと思った。そんなとき……顧客の一人から、ストレス発散にイイよって、……あのバーを教えられたんだ」

「奥の部屋、ですか？」

立野は横を向いてうなずく。奥の部屋、がどんな場所であるかを知られているからか、天音の顔が見られなかったのかもしれない。

「こんな話でごめん……ストレス発散にはなった。すごく。軽蔑されても言い訳なんかできないけど、しばらく通った……」

「はい……」

どう反応したらいいのかわからない。深刻には話しづらいだろうとは思えど、ストレス発散になったんならいいじゃないですか、と笑っていいものでもないと思う。

楽しむために行ったのではない。追い詰められたものを少しでも解き放ちたくて、藁《わら》にもすがる思いで足を踏み入れてしまったに違いないのだ。

「そこで、ヤバイ女に手を出して……それで、金を渡すようになった……。それからは行ってない。表のバーだけだ」

「ヤバイ女って……、瑞葉さん？」

「違うよ。あのバーの、主に奥の部屋のほうだけど、そこのバックについてるヤクザのお気に入りの女がいて……」

「ヤクザ……」

「あんな場所にあの女がいるなんて思わなかったし、そんなふうにも見えないのに……。場のノリっていうか、雰囲気っていうか……それでヤったら……。その女をお気に入りにしている男に捕まって。金を払わないと、こんな所に出入りしていることを銀行にばらすぞって脅されて……。金を払うようになった」

「そんな、どうやって……」

　今の「どうやって」が、どうやって払ったのかの質問であることは、立野もすぐ察しがついただろう。

「あいつら、おれが銀行の営業だって聞いて、ふっかけてきた。『いくらでも融通できるだろ』って。……あんな金額、毎月払えるわけない。……だから、〝融通〟した」

　もしかして、の回答だった。特に慌てず耳に入れることができたのは、その可能性を考えてあったからかもしれない。

「でも、もう限界なんだよ。……顧客の一人に気づかれそうだし、本部の監査なんか入ったら一発だし。……所沢を、これ以上巻き込みたくないし……。おまえを巻きこんだら、おれ、ヤクザにじゃなくておまえの彼氏に殺されそうだもんな」

後半のセリフは笑いながら口にする。明らかに強がっているのがわかるが、天音はつきあって笑ってあげることができない。

胸が苦しい。どうして、こんなことになってしまったのだろう。どうしてこんなに追い詰められなくてはならなかったのだろう。

立野は、仲間想いの、真面目すぎる先輩であっただけなのに……。

「毎月五十万なんて、一気に用意できるわけがなくて、こまめに届けるしかなかった。必ず払うからっていうのを信用してもらうために……担保を示せと言われて……毎回所沢を連れて行った……。あの男が言ったとおり、所沢は〝人質〟だったんだ」

「お金を払わなかったら、わたしは……ハプニングバーの餌にされるところだったんですか?」

「……ごめん」

立野は言い訳をしない。素直に認め、顔を押さえていた手で強く髪を摑《つか》んで肩を震わせた。

「ごめん……所沢……」

片手を身体の横で握りしめ、彼は謝罪を繰り返す。とんでもない立場に据えられていたのはショックだが、幸い、天音にそんな危機は訪れなかった。

「ありがとうございます……」

天音の言葉に驚き、立野は髪から手を離して顔を上げる。驚くのは当然だ。なぜ礼を言われたのか、不思議でしかないだろう。

「わたしが人質扱いになっているから、立野さんは毎月、そうやって金策をしてくれたんですよね。万が一払えなかったら、わたしがどうなるかわかっているから。わたしをそんな目に遭わせないように、あのバーに通ったんですよね。だから、……ありがとうございます」

立野は逃げることができた。払えないからと、担保の天音を差し出して逃げることができたのだ。けれど、それをしなかった。

「なんかさ、おまえの彼氏にすっごく誤解されそうな言いかただな……」

「大丈夫ですよ。わたしの彼は懐の深い人ですから。立野さんが仲間想いで後輩に優しいっていうことはよくわかってます。なんていったって、駐車場でわたしが客に絡まれてると勘違いして、あいだに入ってくれたくらいですから」

「……そんなこともあったな」

「父のことがあったときも、みんなに避けられたわたしのことを、庇《かば》ってくれた」

仕事熱心で仲間想い。とても優しい先輩だ。こんなことくらいで失いたくはない。

しかし、立野の回答次第では、それは叶《かな》わないかもしれない……。

「最後にしますから、もうひとつ聞いていいですか……」

立野は笑うのをやめる。振り向かない背中に、静かな声で問うた。

「これから……どうするんですか？」

大きく息を吸いこんだ気配がする。その息を吐き出しながら、無理をした明るい声が答えをくれる。

「金を渡すのはやめる。所沢も、もうあそこへは連れて行かない。……馬鹿だよな……覚悟を決めるのが遅すぎたよ。——今日、仕事を終えたら……警察に行くよ」

「立野さ……」

「所沢」

立野に駆け寄ろうとした足が動く前に、天音の動きは止まった。今までとは違う真剣なトーンで名前を呼ばれたからだ。

「さっきの話を聞いていたら、おまえ、支店長と瑞葉さんのこと、知ってるんだと思うけど……。話って、二年前のシステムダウンのことか？」

「はい……」

「気をつけろよ……。一筋縄でいく人じゃない」

「大丈夫です。証拠も手元にあるので。……立野さんは、いつから知っていたんですか？」

「あのバーで、瑞葉さんが支店長の愛人だって知ったときからかな。見当つくだろう？あんな一等地のビルに、バーのシステムが繋《つな》がった規模のでかい店を持たせるなんて……地方銀行の支店長にできることじゃない」

立野は腕時計を見ると片手をピッと上げた。

「じゃ、最後の仕事行ってくる。あーあ、昼飯食う暇もねぇや。車の中でパンでもかじるか。銀行の営業なんて、やるもんじゃねぇなぁ」

明るく愚痴りながら歩いていくうしろ姿を見送り、その背中が涙でゆがんで……天音は目元を指で押さえた。


店舗閉店後は締め上げを手伝ってくれと課長に言われているので、今日も時間には向かおうと思っていた。

しかしその十五分前に、天音は支店長室へ呼ばれたのである。

話は仕事が終わってからと言っていたはず。呼ばれるのが早いとは思うが、急く気持ちはわからないでもない。

おそらく、最初に聞かれるのは、あのことだろう……。

「封筒を、すり替えたのか？」

あまりにも予想どおりの言葉が出てきたせいか、天音は笑いそうになる。しかし笑うわけにもいかず正直に答えた。

「入っていたものを、お渡しするわけにはいきませんでしたので」

支店長室に入り三歩ほど進んだ場所で立ち止まった天音は、船橋と対峙《たいじ》する。

デスクの前に立つ船橋とは距離がある。近づかなかったのは、もしなにかあったらすぐにドアから飛び出せるようにと考えてのことだ。

室内には二人だけではなく智代もいた。彼女は例の書類封筒の中身を応接セットのテーブルに広げる。そこにあるのは、廃棄対象となっているなんの問題もない八年ほど前の書類や伝票だ。

智代のデスクで封筒を見つけた天音は、中身を入れ替えたのだ。もし智代が毎日中身を確認しているのなら朝のうちに慌てていただろう。それでも書類がなくなったなんて口には出せない。朝に気づこうと今気づこうと、さほど問題ではない。

「なぜ、すり替えるなんてことをしたのかな？」

「あの伝票は、二年前に中央支店で起こったシステムダウンに関係するものです。混乱に乗じて紛失した書類や伝票。二階堂グループに損害を負わせたトラブルに関係したものです。わたしの父が責任を負い、身に覚えのない汚名を着せられ失脚させられた。その解決になるかもしれないものを、見過ごせると思いますか？」

少しだけ声が震えた。言葉にしているうちに、当時の悔しさや悲しさがよみがえってきたのだ。

「あのシステムダウンは……人為的なものだったんですか？　支店長と……春日さんが、仕組んだもので、打ちこみ処理される前の伝票や書類を隠して……。二階堂グループが送金するはずだったものを……着服したんですか……」

ドンッ……と大きな音がして、身体が大きく震える。智代が足を踏み鳴らしたのだ。

彼女はメガネの奥で目を三角にして天音を睨《にら》みつけた。

「伝票は？　書類はどこにある!?」

「わたしが、持っています」

「持ってこい！　いますぐ！」

「いやです！」

智代は脅しているつもりなのかもしれない。けれど、強く出られれば出られるほど、このまま負けてはいけないという気持ちが強くなった。

天音の考えは間違っていない。二年前のシステムダウンは、この二人の悪巧みから起こったものだ。

紛失扱いにして隠した書類や伝票は、すぐには処分できない。どこでどんな足がつくかわからないからだ。自分たちの手元に置いておくのも危険。それだから、他店であり船橋が目を光らせていられるプラザ支店の管理室に隠した。

まとめてではなくバラしてファイリングすればさらに見つかりにくい。それだから智代は、目的の書類を抜きながらシュレッダー作業をしていたのだ。

二年経った今、その伝票を回収していたのは、抜き打ち監査の危険があったから。遠野も言っていたが、大きな融資案件がまとまった直後は、その店に問題がないか確認のために本部から監査が入ることが多いという。

後ろ暗さを持つ立野も監査を気にしたが、船橋はそれ以上に気にしただろう。本当ならすべての書類をシュレッダーにかけてしまいたかったはずだ。しかし、監査が迫っている可能性があるなら、処分した形跡が残ることをするのも危険。

一度手元に戻して、ほとぼりが冷めたところで他の廃棄書類と一緒に始末してしまえばいい。そう考えたのではないか。

睨み合う女性二人を見て、船橋はため息をつく。

「所沢さんのお父さんは、実にいい方だった。聖人だよ。処分対象になるはずだった行員には、クビ確定の者もいたし結婚間近の者や子どもが生まれたばかりの者もいた。私も子どもの大学受験で大変な時期だったたし。だから泣きついた。そうしたら、すべてを救って自分だけが処分を受けてくれた。素晴らしい上司だったな。私も、ここの支店長になったときああいう上司になりたいと思った」

智代に向けていた目を、そのまま船橋に向ける。信じられない話を聞かされた気がした。

「それは……父を、利用したということですか……?」

「君も、お父さんにそっくりだ。この支店を守るため、私が支店長でいられるよう、二階堂の副社長に身体を売ってくれた。そのおかげで融資案件がもらえたんだ。隠ぺい工作に使ったこの支店を潰されては困るからね。それにしても、副社長は大層君を気に入ったようじゃないか。よかったね、玉の輿《こし》だ。これは反対に感謝してもらわなくてはいけないかな」

嗤《わら》う船橋を見ていると眩暈《めまい》を感じる。これが、ずっと信頼してきた上司の言葉だろうか。父の元部下だから、船橋は天音に気を遣ってくれて、父の様子を聞いては元気でいることに安堵《あんど》してくれていた。

あれは、ただ父の様子を探っていただけだったのかもしれない。

なにかあれば、天音のことも利用しようと考えていたのかもしれない。

悔しさで唇が震えた。湧き上がる憤りのまま口を開く。

「警察へ行きます！　わたしが持っている書類と、今の話、全て話してきます！」

「うるさい！」

憤りに憤怒で返したのは智代だった。彼女はいきなり天音に摑みかかり、共に転倒したかと思うと天音に馬乗りになって首に手をかけたのだ。

「おまえなんか、ウチのバーで男どもの餌にしてやる！　犯されまくってボロボロにされたらいいんだ！」

首にかかった手に力が入って息が詰まった。そのときドアが大きな音をたてて開いたのである。

「離れろっ！　このぉっ！」

智代を天音から引き剝がし、突き飛ばす。素早く天音を抱き起こしてくれたのは、――立野だった。

「立野さっ……」

「本店から、監査部が来た！」

天音を起こしながら、立野は船橋に向かって叫ぶ。

「シャッターが下りる寸前で止められたんだ。本店の監査部だ。見たことがないくらいの大人数で、かなり本格的にやられるぞ。終わりだよ！　あんたたちも！」

叫んだあとで「おれも終わりだけどな」と自嘲する。上半身を起こした天音に顔を向け、立野は勢いをつけた。

「所沢、おまえ、こいつらから取り上げた書類、持ってるんだろう？」

「はい、持ってます」

書類はまとめてロッカーに入れてある。そんなに本格的な監査部が来たのなら、好都合ではないか。

「それ、監査部のやつらに突きつけてやろうぜ。警察に出して一から事情を話すより早い」

立野も同じことを考えたようだ。同意してうなずこうとした、そのとき。

ガツンッ、という殴打音がして、天音から手を離した立野がうしろへ倒れた。

「立野さん⁉」

倒れた立野のこめかみ辺りに血がにじんでいる。彼は目を閉じた状態で動かなかった。

「ふざけるな！　馬鹿野郎‼」

口汚く叫ぶのは智代だ。ずれたメガネを直すこともなく、髪を振り乱し息を荒らげて、手には今まで花が飾られていたのであろう細長い花瓶を握りしめている。重厚な焼き物の花瓶だ。これで立野を殴りつけたのだ。

「なんで男ってこうも馬鹿なんだろう！　なんでも自分の思い通りになると思って、馬鹿みたい！」

鬼気迫る形相で天音を睨みつけ、智代は再び花瓶を振り上げた。

「男の犠牲になったのかと思って同情してやったのに！　このクソ女‼」

殴られる。どう逃げたらいいか思考がまとまらないまま、天音は両腕で頭を庇って身体を横に伏せた。

花瓶が落ちる大きな音がする。……が、身体のどこにも痛みは感じない。

「俺の大切な女性を、これ以上馬鹿にしないでもらおう。それに、女性が女性を辱めるのは見るに堪えない」

天音は驚いて顔を上げる。そこには、智代の両腕を掴んで動きを封じた大輝がいた。

「放せ！　クソ男！」

地団駄を踏むように足をバタバタと動かし、智代は頭を左右に振って暴れる。駄々っ子さながら全身で抵抗しているようだが、力の差か大輝にはまったく効いていない。

「クソ男か。大切な彼女がクソ女なら、おそろいで喜ばしいが……」

大輝は智代の悪態を如才なく流し、彼女の勢いに驚いたのか棒立ちになった船橋に視線を移した。

「君が本当に『クソ男』と罵りたいのは、……船橋支店長のほうなんじゃないのか？」

船橋の顔に戸惑いが浮かぶ。わずかに智代の抵抗が弱くなったのを確認して、大輝は言葉を続けた。

「君は銀行員時代、とても真面目でおとなしい女性だったそうだね。そして副支店長に目をつけられて困っていた。しかしある日を境に困った様子はなくなり、愛人関係にあると裏で噂《うわさ》されるようになった。推測できるのは、力ずくで男女の関係を結ばされ、それに従うしかなくなった……というところかな」

その推測を肯定するかのように、智代から抵抗する力が消えていく。大輝の話を聞きながら、天音は遠野に聞いた話を思いだしていた。

ストレスが溜まって羽目を外すという話から、遠野が見てストレスマックスで羽目を外しすぎた人、というのを教えてくれた。

それが、中央支店時代の船橋だという。

支店の中でも一番大きな中央支店。本店への栄転秒読みと言われていた優秀な支店長と、個性豊かな行員たち。その真ん中で右往左往していたのが副支店長の船橋だ。

副支店長が使えないぶん、支店長がやり手だからうちの支店は安泰だと揶揄《やゆ》する行員もいるなか、バックオフィスで黙々と仕事をこなし船橋にも柔らかい対応をしていたのが智代だった。

馬鹿にされることが多いなかで、いつもあたたかく対応してくれる女性。惹《ひ》かれないはずがない。

船橋の智代への執着は、周囲から見ても心配になるくらいだったらしいが、ある日から二人が自然に一緒にいるようになった。

『男の僕がこんなこと言うのもなんだけどね。男の力で押し切られたんだなっていうのが、すぐにわかったよ。あの船橋さんにそんな度胸があるとも思えなかったけど、ストレスのなせる業っていうのかな……。ストレスは人を変えるからね……。怖いよ』

二度も煮玉子を落としてしまった天音に自分の煮玉子を分けてくれながら、遠野はつらそうに笑っていた。

「二階堂の送金依頼をシステムダウンのせいにして手に入れるという計画を立てたのがどちらなのかはわからないけれど、直後銀行をやめた春日さんが、しばらくしてバーのオーナーになっているところから、春日さんにねだられて船橋さんが計画した、っていうことでいいかな。もちろんそのときから、船橋さんにはあとの責任をすべて当時の所沢支店長に負わせるという計画があったのでしょう」

大輝は一瞬だけ天音に視線を向ける。父親が利用されたというつらい話だ。反応が気になったのだろう。

つらいし悔しい。口惜しさで泣いてしまいそうだ。けれど、これはしっかりと聞いておかなくてはならないこと。天音は唇を引き結んで大輝を見る。

「所沢支店長は、慈悲深い人だ。家族のように大切な自分の部下に、原因不明のトラブルの責任を負わせることはできなかった。それだから、すべての責任を一身に背負ったんだ。船橋さんの計画通り」

大輝に取り押さえられたまま、智代は暴れることをやめ黙ってうつむいている。天音から船橋に視線を戻した大輝の目がわずかに鋭くなった。

「計画通り。すべて計画通りだった。けれど、あなたの計画にはなかったことがひとつあるのではないですか。共謀者であるはずの春日さんが、バーのオーナーになって、予想以上の力をつけてしまったことだ」

真剣に耳を傾けていた天音だが、倒れている立野が気になり彼に寄り添う。気を失っているだけだろうか。ハンカチを出して血がにじむこめかみにあてた。

「普通のバーのはずだったのに、まさかハプニングバーが併設され、ヤクザがバックにつくまでになるとは思わなかった。性格も荒くなってきた。少なくとも、あなたが惹かれたころには『クソ男』なんて言葉を使う女性ではなかったでしょう」

「……殺してやろうと思った……」

うつむいていた智代が、ボソッと呟《つぶや》く。

「クソ男、だから？」

「力が強けりゃなにをしてもいいと思って……。男の力で押さえつけられてまったく抵抗できなかった私が、どんなに惨めだったか……。だから、この男が適わない男をバックにつけて、そのうち殺してやろうと思ってた……」

開いたままだったドアから、スーツ姿の男たちが入ってくる。行員ではないし、監査部でもない。大輝が智代をそのうちの二人に渡すと、天音のそばにかがんで頭を抱き寄せた。

「警察も呼んでおいたんだ。バーの資金繰りの様子やバックについている暴力団への資金提供の状況から、横領した金が使われているのは明らかになっていたから」

「大輝さん……そんなこといつから……」

「天音と距離を置くことを決めたとき、父と約束したんだ。必ず、この不可解なシステムダウンの真相をつきとめるからって。すべての準備が整ったから、本店の監査部が突入するのと一緒に警察も頼んだ」

数人の男たちに囲まれて船橋が歩いていく。項垂れたその姿は、いつもの頼れる支店長ではなくとてもとても小さな人に見えた。

「もしかして、今日監査部が入ったのも、大輝さんが……？」

「二階堂グループは、今は本店と取引がある。かなりのお得意様だからね。頭取も役員も、話は聞いてくれるしお願いも聞いてくれる。まあ、上客の特権を使ったと言われればそれまでだけど、その価値はあるだろう？　二年前の真相がハッキリするんだから」

「あっ、わたし、証拠にしようとした伝票とか書類、更衣室のロッカーに……」

「じゃあそれを取りに行こう。その前に、彼かな。救急車も一台来ているはずだから運んでもらおうか」

立野はまだ動かない。重たい花瓶で殴られて気絶したとしても、女の力だ。それも一発だけ。こんなに長く気絶するほどの衝撃を受けるものだろうか。

血も出ているし、もしや当たり所が悪くて……。

天音は大輝から離れ、立野の肩に手を置く。頭を打ったときは揺すってはいけないというのを思いだし、彼のスーツを摑んだ。

「た、立野さん、しっかりしてくださいっ。死なないでくださいよ。立野さんが死んじゃったら、わたし、誰にアスパラとベーコンのペペロンチーノ奢《おご》ってもらえばいいんですかっ。たてのさんっ」

「……ちょっと、彼氏さん……」

恨みがましそうな声がする。見ると、立野が薄目を開けて不機嫌な顔をしていた。

「貴方の彼女、ひどいんですけど……。なんでここでペペロンチーノなんだよ……。吐くほど彼氏に食わせてもらえって言ってんのに」

頭を押さえながらゆっくりと体を起こす。その背中を大輝が支えた。

「無理をしないでください。今、救急隊が来ますから」

「すみません……おれなんか、気を遣ってもらっていい人間じゃないのに……」

立野はかなり恐縮している。相手が二階堂グループの副社長だというのもあるだろうが、なにより、人質扱いしていた天音の恋人だということで気まずさを感じているのかもしれない。

しかし大輝は、そんな立野に誠実な態度を見せた。

「立野さん、天音を庇ってくれてありがとうございます。あなたが先に駆けつけてくれていなかったら、天音は怪我をしていたかもしれない」

「あ……いや、おれは……」

お礼を言われてうろたえた立野だが、少し黙ってからおもむろに正座をして大輝に向き合った。

「そんな大事な天音さんを……利用するようなことをして……申し訳ありません」

「いいんです、許しますから、……いろいろとしなくてはいけないことが終わって戻ってきたら、また、天音にアスパラとベーコンのペペロンチーノ、食べさせてやってください。天音はきっと、あなたと食事をするのが楽しいんだと思います。気の合う先輩というものは、大切ですから」

うつむいた立野が膝の上で両手を握りしめる。

「はい……きっと……」

返事をした声は、震えていた。

立野は救急隊に連れて行かれたが、傷を診てもらったあとは心の傷をさらして、それを修復していかなくてはならない。

もしかしたら、もう彼に会えることはないのかもしれないけれど……。

それでもいつか、彼が病んだ傷すべてをリセットして戻ってきたとき、また、笑いながら一緒に食事がしたいと、天音は願った。

銀行内は騒然としていた。

立野が言っていたとおり監査部の人数はかなりのもので、一箇所ずつ見て回るのではなく各部署同時に監査が入っている。

なにか見つかっては不都合なものがあっても、隠すことも破くこともできないタイミングだ。

それに加えて警察もいるので、どこを見ても人だらけで、まるでバーゲンセールの会場に迷い込んだかのよう。

役職者は残るが、他の行員は退行指示が出ている。外回りで戻っていない者には直帰指示が出たらしい。今日からこの土日にかけて、徹底的に内部監査が行われるのだろう。

中身を入れ替えた封筒を取りに更衣室へ入ると、女子行員たちが着替えをしていた。天音の姿を見つけ、結加が駆けつけてくる。

「天音～、びっくりしたよ～。シャッターが閉まりかかったときにいきなりすごい人数が入ってきたの。強盗でも入ってきたのかと思っちゃった。おまけに店の前にはパトカーが何台も停まってるしさ。なんだっけ、あの車のてっぺんで回ってる赤いやつ」

「赤色灯？」

「そうそうそれっ。それがぐるぐる回ってて、なんか怖かった。事務センターにも監査部の人は行った？」

「うん、全部に入ってるっていうから、来たと思うよ。わたし、そのときは支店長室に呼ばれていたから」

話しながらロッカーを開け、天音も着替えをはじめる。結加も自分の着替えの続きをしながらソワソワと身体を揺らした。

「それにしても、ずいぶんと多くない？　なんなんだろう、気持ち悪い。あー、やだなぁ、イライラするっ」

「そんなにイライラしなくても。後ろ暗いところがなきゃ気にすることもないんだから」

「そうだね……。そうだ、今日は監査のおかげで早く上がれるし、今日こそ飲みに行かない？　ストレス発散しようよ」

「……ハプニングバーで？」

こっそりとひそめた声は、結加にだけ聞こえるように発した。顔は向けなかったが、視界に目を見開いて動きを止める結加が映る。

「立野さんが……バーで手を出した〝ヤバイ女〟って、結加のことなんでしょう？」

着替えを終え、ショルダーバッグと封筒を手に取る。ロッカーを閉めながら結加に顔を向けた。

「立野さん、最後まで結加の名前は出さなかったよ。仲間想いだよね、本当に。でも結加は、立野さんが脅されていることも、そのためになにをやっているかも知っていたんでしょう？　……だから、監査が入ることをずっと気にしていたんだよね……？」

監査が入るのか知らないかと天音に探りを入れていたのは、立野だけではない。結加もだった。

昼間に立野と別れたあと、気持ち悪いくらいの違和感に襲われた。立野の話に、なにか気づけていないものがあるような気がしてならなかったのだ。

――あんな場所にあの女がいるなんて思わなかったし、そんなふうにも見えないのに……。

あの女がいるなんて思わなかった。立野の言いかたは、知っている人間を指していた。意外すぎて信じられないという気持ちが、そんなふうにも見えないという言葉から窺える。ハプニングバーに、いるはずのない同僚がいたら驚くだろう。同じ仕事でのストレスをかかえる者同士、雰囲気とノリでそうなってしまっても不思議ではない。けれど、なってはいけなかったのだ。

結加は天音を凝視したまま言葉を発しなかった。怪しげなバーに通っていたことをどうごまかそうか考えているのか、それとも、立野が自分の名前を出さないか焦っているのか。

「立野さん、怪我をしたから救急隊に連れて行かれたけど。そのあとは多分、しかるべきところで話をするんだと思う。でも……結加の名前は出さないと思うよ。そういう人だから。結加もわかってると思うけど」

天音は小さく息を吐き、結加の横を通りすぎた。

「それがわかっていて後ろ暗いことをさせ続けていたなら……軽蔑する」

更衣室を出るところで、顔見知りの行員から「おつかれー、天音ちゃん」と声をかけられる。にこりと笑って「お疲れ様です」と返し、チラッと結加に視線を流すが……。

彼女は、うしろを向いたまま佇《たたず》み、振り向くことはなかった。


「疲れただろう。大変な一日だったな。大丈夫か？」

その言葉だけで救われる。天音は抱き寄せられるままに大輝の胸に寄りかかった。

あのあと大輝が呼んでくれた弁護士立ち会いの下で書類封筒を警察に渡し、支店長室での出来事について数分の聴取を受けたあと天音は解放された。

ゆっくりすごそうと言って彼が連れてきてくれたのは、リラクゼーション施設が豊富な高級ホテルのグランドスイートルームだ。

もともと今日は大輝とすごす約束をしていたのであらかじめ部屋が用意されていても驚きはしないが、こんなことがあったあとだ。彼と一緒にいられると考えるだけで、とてもホッとする。

リビングルームのソファに並んで座り、大輝に身を委ねる。広い胸と腕にすっぽりと包まれて、とても心地よい。

あまりにも安心しすぎて、このまま眠ってしまえそうだ。

「寝るなよ」

「……どうしてわかったんですか？」

「くったりしてるから。俺のそばにいて安心してくれるのは嬉しいけど、寝られちゃ困る」

髪を撫《な》で、チュッとひたいにキスをしてくれる。なぜこのまま寝てしまったら困るのかを理解しているだけに、なんだか照れてしまう。

「寝ませんよ、だって……」

――やっと、抱いてもらえるのに……。

そんな気持ちは口に出せない。けれど隠せはしなかった。

「寝る暇なんかないくらい抱かれるのが楽しみだから？」

「そういうことをハッキリと言わないでくださいっ」

ムキになるとアハハと笑われるが、こんなの正解ですと言っているようなものだ。

「楽しみなのは俺も同じだ。けど、寝られちゃ困るのは、その前に、もうひとつやらなきゃならないことがあるから」

もう一度天音のひたいにキスをして彼女を離し、大輝は自分のスマホを取り出す。

「大輝です。すべて終わりました。今、代わりますね」

誰かと繋がったらしいそれを、天音の耳にあてたのである。

「え？　誰で……」

いきなり代わられても誰だかわからない。戸惑う天音の耳に、とても穏やかな声が響いた。

『天音』

動きが止まる。今聞こえたばかりの声が頭の中でエコーをかけて響き続けた。

「……お父さん……？」

『久しぶりだね、天音。元気かい？』

「お父さん⁉」

間違いなく父の声かを確認するように、天音は自らの手でスマホを持って耳に押しつける。大輝の手が外れると、天音はもう片方の手で下を支えて口を近づけた。

「お父さん？　大丈夫？　身体の調子は……」

『大丈夫だよ。毎日お母さんのご飯を食べているから元気いっぱいだ。天音は大丈夫かい？　ちゃんとご飯を食べているかお母さんが心配していた』

「ちゃんと食べてるよ。わたし、自炊できるし。あ、でも……お父さんが作ってくれるハンバーグ、また食べたい」

ちょっと照れてしまった。少しのあいだ父が無言になったのは、娘の言葉に感動していたのかもしれない。

『うん、作ってあげるよ。それじゃあ、早いうちに一度帰らなきゃ駄目だな。……天音が、大輝君の所にお嫁に行ってしまう前に』

「えっ、お嫁にって……」

照れるを通りこして慌ててしまう。まさかいきなりそんな話になるとは。それに、天音はまた大輝とつきあいはじめたことを父に報告してはいない。なぜ知っているのか。視線を上げると大輝と目が合う。父に電話を繋いだということは、大輝が話したのだろうか。

『天音、すまなかった』

父の声のトーンが変わった。なぜいきなり謝られたのかがわからず、天音は次の言葉を待つ。

『二年前、父さんは大輝君に、天音と別れるようお願いしたんだ』

「え……？」

初めて知る真実は、意外すぎる。父は大輝に別れを告げられて落ちこんでいた天音を見守ってくれた立場だった。

『大輝君のお父さん、二階堂氏から相談された。今回のトラブルは二人の関係にも支障が出る。ただ別れろと言っても大輝君は聞かないだろうから、距離を置けと諭して、そのあいだに縁談を進めたいと。父さんも、それに賛成した』

「……どうして……、だって、わたしがどんな想いで……大輝さんとつきあっていたかは……」

天音がどれだけ大輝のことが好きだったか。両親は理解してくれていると思っていた。両親だって、門限は必ず守らせ、遅くなれば必ず送ってきて挨拶をして帰る大輝に好印象しかなかったはずなのに。

『天音は……優しい子だ。……あのまま交際を続けても、きっと、罪悪感に苛まれ続けただろう。二階堂家に迷惑をかけてしまった男の娘だからと、自分を追いつめてしまっていたと思う。だから、大輝君にお願いをしたんだ。天音と別れてほしい。関わり合いを持たないでほしいと』

天音は黙って父の話を聞く。二年前、天音は二階堂家に疎まれて大輝と別れさせられたのだと思っていた。

違うのだ。両家の父親が相談し、互いの子どもに最適な道を選ぼうとしただけだった……。

『大輝君は、もちろん了解なんてしなかった。それどころか、こんな事件で天音がなんと言われようと自分が守ると、もし天音が心苦しいから別れたいと言っても絶対に別れないと言い張った。そこまで天音を想ってもらえていることがお父さんは嬉しかったよ。でも、その気持ちは事件直後の勢いから昂《たか》ぶっているだけかもしれない。だから、彼と約束をした』

「……約束？」

『大輝君は、二年前の事件の真相を調べ上げてみせると二階堂氏と約束をしたそうだ。そうしたら天音を迎えに行く。強固な意思表示だとは思うが、人間の気持ちだ、そんなことができるかわからないし、できたとしても、そのときまで天音に気持ちがあるかどうかもわからない。もしも大輝君が本当に真相を調べ上げたとして、そのときまで変わらず天音を愛してくれていたなら、天音がまだ大輝君を愛していたなら、二人のことを認めると。約束をした』

父の話を聞きながら天音は大輝に視線を移し、彼の眼差しを受け止める。愛しげな双眸《そうぼう》に見つめられ、じわっと涙が浮かんだ。

『大輝君が現れたとき、お父さんは信じられなくて一度彼を帰したんだ。でも彼は諦めず、また説明に来た。……銀行に、監査が入る。警察も。すべてを明らかにする。二階堂氏との約束も、お父さんとの約束も、彼は立派にクリアしたんだよ。よかったな、天音。大輝君は、素晴らしい青年だ。心から、天音を愛してくれている』

涙がぽろぽろとこぼれてくる。せっかく父と電話が繋がっているのに、話どころか声も出ない。

天音の瞳は大輝だけを映し、口は彼の名を叫びたくて震えた。胸が熱い。大輝への想いで焼けてしまいそう。

言葉を出せない天音からスマホを取り、大輝が口を開く。

「ありがとうございます、お義父さん。後日、改めましてご挨拶に伺います。はい、はい、もちろんです。お義母さんにもよろしくお伝えください。失礼いたします」

通話を終え、大輝がスマホと入れ替えに出したハンカチで天音の目元を押さえる。涙が止められないでいる顔を覗きこみおだやかに微笑んだ。

「お許しが出た。よかった」

「……最後の……クリアしなくちゃならない仕事って、これのことだったんですね……」

「そうだ。どうなることかと思ったけれど、上手くいった」

天音は大輝の胸に飛びこみ、両腕を背中に回して抱きつく。

「大輝さん、ごめんなさい……。大輝さんは、そうやって懸命にいろいろ調べてくれたり、お父さんたちとの約束を果たすために頑張ってくれたりしていたのに、わたし……わたしは……、大輝さんが信じられないだの、なにを考えているかわからないだの……」

大輝はずっと天音を想い続けていてくれた。天音が、大輝を忘れられなかったように。

「いいんだ。天音はこうして俺の腕の中にいる。最高の結果が出た。大満足だ」

天音の髪を撫で、大輝は天音の身体を離す。離れがたいとあとを引く両手を握り、その凛々《りり》しい双眸で天音を見つめた。

「天音、俺と結婚しよう。これからもずっと、天音と一緒にいたい」

「大輝さん……」

「ずっと、ずっと一緒だ。もう二度と、離れない」

止まった涙がまた出てきそうだ。でもここで泣いてしまったら、涙が出る代わりに言葉が出なくなってしまう。

天音は、今できる最高の笑顔を大輝に向ける。

「わたしも、ずっとずっと、大輝さんと一緒にいたいです。大好き……大好きです、大輝さん！」

「天音！」

大輝が天音を抱きしめる。すぐに唇が重なり、二人一緒にソファに倒れた。

夢中になって唇を合わせ、彼の頭に手を回して髪が乱れるくらいに撫でまわす。あたたかな吐息が愛しくて、天音は何度も何度も吸いついていった。

こうやって積極的になるのは珍しい。大輝もそう思っているのかされるがままになってくれている。そのあいだにも、彼は自分のスーツを脱いでいった。

ワイシャツを脱ぎ捨てた手が、今度は天音の服にかかる。ブラウスもブラジャーもアッサリと取られ、胸の上で期待して揺れ動く白いふくらみに吸いつかれた。

「ぁんっ……」

強い力で揉みしだかれる胸は、痛いどころかその強さが心地よくて堪らない。先端に吸いつかれ舐《な》めしゃぶられると、はばかりもなく声が断続的にあふれた。

「あぁっ……ンンッ、胸、きもち……ぃいっ……！」

「気持ちイイか？　俺も、夢みたいに気持ちイイ」

「夢じゃな……ああンッ、夢だったら、いやぁ……ぁんっ」

「そうだな」

乳房を揉みたくられ赤く興奮した突起を吸いたてられ、逃げようとする身体が蛇のようにうねる。そのたびに全身に溜まる官能は大きくなり続けた。

スカートを取られ、ストッキングごとショーツも足から抜かれる。大きな手がボディラインをなぞり、大輝の唇が腹部へ落ちていく。

秘部に吸いつかれると腰が浮き、そこから背中に潜りこんだ両手が天音の全身をくまなく愛撫していった。

「あああっ、あっ、……大輝、さぁ……ンッ」

淫部から走る刺激がビンビン脳に響いてくる。もっともっと大輝が欲しくて、彼の髪を両手で掻《か》き乱す。

「大輝さぁ……アン……いやぁ、や、それじゃなくて……ん、んっ……」

「なに？」

「じゃ、なくて……」

「ん？」

聞き返しながら、大輝はぬたりと舌を撫でつけていく。そのたびに微電流が全身に走って身体が震える。

「なにが欲しいの？　言って、天音」

「あ……」

「俺は、天音が欲しいよ。ずっとずっと、会えないあいだもずっと、天音だけが欲しかった」

胸の奥がぎゅうっと締めつけられる。こんなにも愛されているんだという想いできゅんきゅん飛び跳ねて、呼吸困難になりそう。

おまけに、天音が言わなくても大樹はなんのことかわかっている。天音の顔を見ながら、彼は避妊具の封を口で切った。

「天音が欲しくて、気が狂いそうだ」

「……わたしも……」

天音は大輝の頭から手を離し、自分の内腿《うちもも》に添える。少し押さえただけで自ら脚を広げて見せているようで、羞恥とともに淫らな気持ちが煽《あお》られる。

「わたしも……大輝さんが、欲しい、です……」

「いいよ。……俺の天音」

身体を起こした大樹が素早く避妊具を着け、天音の両脚を腕にかかえる。内腿を押さえていた手を離すと、大きな熱塊が隘路《あいろ》を埋めた。

「あぁぁぁあっ、アァン——！」

挿入で軽く達してしまいハッとする。大輝を見ると、艶っぽくニヤリとされた。

「欲しくて欲しくて堪んなかったんだ？　天音。いやらしいな」

「だ、だって、そんなの……やぁぁんっ……！」

言い訳をしようとした瞬間、ぐんっと内奥を穿《うが》たれる。軽く背中が反り突き出すように上を向いた片方の乳房を掴まれたかと思うと、雄茎が強く突きこんでくる。

「あぁっ！　あ、やぁぁ……！」

いきなり激しい抽送に見舞われ、天音は中途半端に行き所がなかった両手をまた内腿に置いてしまう。刺し貫かれる勢いのまま手に力を入れると、秘裂を広げて彼に見せつけているような気持ちになった。

「天音の中に入ってる……嬉しいな、最高だ」

「やっ、や……見ちゃやだぁ……ああアンッ、ぅうん！」

「天音が言ってるんだ。もっと見て、奥まで全部見て、って」

「言ってな……ぃ、あっ、あ、ダメ、だめ……気持ちぃ……！」

「言ってる」

腕に取っていた天音の両脚を腰に回させて、大輝は身体を倒して乱れ動く乳房に吸いつく。乳首を甘噛みしては舐め回していった。

「アッあ、あ……大輝さ……ん、たいきさぁん……ダメェ……あぁ……！」

「イク？　いいよ、一緒にイこう」

「たいきさん……たいき……さ……。好き……大好きぃ……あぁぁぁぁっ！」

ずちゅ、ずちゅっとめり込み愉悦を与えてくる剛直のせいで快感に翻弄される。なにがなんだかわからなくなってきて、腕を彼の肩から回し、背を浮かせて抱きついた。

「イイ子だね、天音。愛してるよ」

「たいきさぁンッ……すき、すきぃ……ああっ、もうダメェ――――！」

蜜壺《みつつぼ》の中から湧き上がった快感が爆ぜ、強く大輝にしがみついて腰を揺らした。彼も同じようにゆっくりと動いて余韻の波に耐える。

「天音……」

「たいき……さん……」

お互いの名前を呼び合い、乱れる息をくちづけで分け合った。

「……愛してる……。天音との関係を、以前のように、戻せてよかった……」

そう言った彼が心から嬉しそうに安堵している気がして、天音の愛しさはどこまでも上昇していく。

「大輝さん……愛してます」

二年前よりずっと深くなっている愛情を抱きしめて、二人は長い長いくちづけを続けた。

——そして、この二泊三日で、天音は本当に離れていた二年分かと思うほどの愛情を大輝に注がれたのである……。

エピローグ

週明けのはちふく銀行プラザ支店は、支店長不在の状態で営業開始となった。

朝礼で本部社員の説明はあったものの、すでに小さい記事ながら新聞などのメディアで取り上げられてしまい、説明を受ける前に全行員の知るところとなっていたのだ。

テラーとして窓口に戻った天音も、ときどき馴染《なじ》みの顧客から質問を受け、はぐらかすのが大変だ。

大変な理由はもうひとつ。

結加が急に退職をしてしまったことだ。

なんでも実家の母親が倒れたから田舎に帰らなければならなくなった……とのこと。

申し出を受けた課長は、大きな監査が入って騒動になったから、怖くて辞めたくなったのではないかと考えたようだが……。

それは違うだろうというのは、天音だけが知るところだ。

窓口にはひとまずバックオフィスからヘルプが入ったものの、いつもの倍、いや、数倍の忙しさだった。

翌日からは慣れたパート社員が入ってくれたので、だいぶ助かったのである。

忙しい日がしばらく続いたが、仕事が終われば大輝と一緒にすごせる。彼はすっかり天音の原動力になっていた。

そして、大変なことばかりではなく、嬉《うれ》しいこともたくさんある。

父が銀行に戻れることになったのだ。それも本部の部長扱いで。もちろん単身赴任は終了だ。病院での検査結果は異常がなく、体力も回復してきている。

これは二年前のトラブルの真相が明確になったからだけではなく、証券会社での父の活躍もあっての人事だという。

船橋や智代はやってきた罪を償うことになるが、立野は事情が事情なので、そんなに重い罰にはならないだろうとのこと。

罰といえば、城田のハプニングバー通いを、もともと紗奈は知らなかったらしい。バーで天音に会ったという話からばれたらしいのだが、城田の情報のせいで天音は女性として不名誉な疑いをかけられた。

そのことで大輝に責められた紗奈は、潔く天音に謝罪を申し出た。我《わ》が儘《まま》なだけではなく、自分の非は素直に認められる女性のようだ。

紗奈に恥をかかせた問題の城田は、取り巻きから除名されたとか……。

なにより最高に嬉しいのは、二階堂家、所沢家の両親への挨拶や顔合わせの食事会も滞りなく終わり、大輝と天音の結婚準備が順調に進んでいるということである。

「大輝さん、ほら、そろそろ帰る準備しますよ」

「ん～、もう少し」

裸の肌を這《は》う大きな手の感触。天音は心を鬼にしてその手をぺしっと叩《たた》いた。

「あまね～」

「だって、さわらせておいたら、大輝さんまたシようとするし」

「するよ。何回でもシたいし」

ホテルのベッドの中で裸の身体を寄せあい、大輝はうしろから天音を抱きしめる。時刻は二十二時。そろそろシャワーを浴びて身支度を調え、天音を所沢家へ帰す準備をしなくてはいけない。

「ああ～、どうして天音に門限なんてあるんだろう……。結婚するのに……。朝まで天音を抱いていたいのに……」

名残惜しげに天音の髪に頬擦りをするので、ちょっとおかしくなってしまった。

「大輝さんがカッコつけるからですよ。お父さんもお母さんも、結婚するんだから好きなだけ一緒にいていいって言ってくれたのに、『結婚するまで天音さんはお義父さんとお義母さんの大切な娘です。日付が変わるまでには、家に帰すようにいたします』……とかなんとか言っちゃって」

「反省してます……」

反省というか、彼にしては珍しく後悔の色が濃い。

自ら天音と一緒にいられる時間を削ったようなものなのだから無理もない。

「まあでも、週末は外泊ＯＫが出てるし、いいか。結婚までは金土日を楽しみに過ごすさ」

「あ、でも、今度の土曜日は結婚式の打ち合わせだし、日曜日は家具を見に行くって……」

大輝としては、また二泊三日の甘い時間をすごしたかったようだ。無言になってしまった彼がちょっとかわいそうで、天音はフォローを入れた。

「でもほら、結婚したらずっと一緒だし。門限もないし」

「そうだな、二泊三日どころじゃないもんな」

急に元気になった彼にあお向けにされる。唇に落ちてきたキスは首筋に胸にと移動していった。

「永遠に、天音と一緒だ」

嬉しそうに微笑む彼を見ると天音も嬉しい。腕を伸ばし大輝の顔を引き寄せて、天音から唇を合わせた。

一瞬二人の脳裏に、門限破っちゃえ、と悪魔が囁《ささや》くが……。

リセットされてより深くなったこの幸せのために、二人は耐えるのである。

そんな二人がウエディングベルを鳴らすのも、もう間もなくなのだ――――。

もうひとつのエピローグ――謝罪

ホームから電車がくる方向へ視線を移す。

もうそろそろだろうか。

ホームに人はまばらだ。平日の昼間、あまり大きな駅ではないのでこんなものだろう。

大きなため息をつき、結加は身体の前にキャリーケースを移動させ両手をかける。

いきなり銀行を辞めて三日。大急ぎでまとめた荷物はすべて実家に送った。あとはこの荷物と自分だけ。

「……失敗しちゃったな……」

地方では有名な進学校に通っていた。地元にいればそれなりの大学にも入れたはずなのに、結加は進学をするより東京で就職することを選んだのだ。

理由は東京に出て働きたかった。それだけ。

地元で大学に入ったら、地元の企業に就職して、そこで結婚相手を見つけて……という流れになるのが目に見えていた。

それがいやだったのだ。

地方銀行のテラーとして働きはじめ、最初はよかった。かわいいともてはやされ、銀行に来る客にも評判はよかった。

しかしだんだんと、おかしなものが見え始めてくる……。

侮蔑と嘲り。見えないところで、ときに直接それをぶつけられることにストレスが蓄積しはじめた。

地方出身であることや、特に高校卒業の学歴しか持たないこと。地元ではありえない嘲笑のネタが、ここにはあったのだ。

『学《ガク》がなくても顔がかわいければやれるんだよね、テラーなんて』

テラーの仕事は簡単ではない。笑顔を振りまいてお金を数えていればいい仕事ではない。しかしそれは理解されにくい。

たまったストレスの行き場がなくむしゃくしゃしていたころ、ハプニングバーの存在を知った。

なにも考えず普段はなれない自分になれる。

はまってしまった……。

気が付けばバーのバックについているヤクザのお気に入りにされていて、他の男に絡むこともできなくなり、バーでの自由もなくなっていた。

そんな日々でも、天音と一緒にいるときは気持ちがやわらいだ。

天音は本当に優しくていい子だ。気持ちが綺麗《きれい》で、悪いことなんて一切知らないにおいがする。

あの子のそばにいるのが、好きだった……。

天音に「軽蔑する」と言われたとき、自分の終わりを悟った気がする。もう、ここにはいられないと……。

立野と絡んだのは、彼を陥れようとしたわけじゃない。同じストレスをかかえた仲間だったから、制御が利かなくなってしまったのだ。

結加と絡んだことがバレて、彼はとんでもない負債を背負うようになってしまったが……。なにもしてあげることはできなかった。せめて、彼がしていることがバレないように気を遣うことだけ……。

「ごめんね……天音」

急に仕事を辞めたので天音には迷惑をかけているだろう。実家の母が……というのは嘘《うそ》の言い訳だ。

いろんなことを直接彼女に謝りたかったが、こんな自分の謝罪なんて聞いてもらえないかもしれない。

ここから離れて、バーで知り合った男たちとも縁を切って、地元に戻って昔の自分に戻れたような気がしたとき……、もう一度、天音に連絡をしてもいいだろうか。

天音に、謝れるだろうか。

「おい、結加」

……聞きたくない声がした。声のほうを見やると、男が三人歩いてくる。ネクタイのないスーツ姿。一見普通に見えるが、違う。ハプニングバーのバックについていた暴力団の男たちだ。中央に立つ背の高い男は結加をお気に入りにしていた。

「おまえ、田舎に帰るつもりか？　銀行もやめたんだって？」

結加は逃げるようにじりじりと後退する。キャリーケースの車輪が上手く回ってくれていないのか、重たい音がズズッと響いた。

「逃げんなよ。餞別《せんべつ》をやろうと思って探してただけだ」

速足で近づきながら男が懐に手を入れる。出した瞬間、結加の前で立ち止まった。

「……てめえだけ逃げようって？　ふざけんなクソアマ」

線路の向こうに、電車が見えてくる。あれに乗って、田舎へ帰って……。昔の自分に、戻るんだ………。

三人の男が視界から離れていく。結加は痛みが走る腹部を押さえて足を踏み出そうとするが、そこからドクドクと流れ出る生温かく赤いもののせいで眩暈《めまい》がする……。

キャリーケースに引っかかり、転倒した身体がホームから線路へと投げ出された。

電車の音と、誰かの悲鳴が重なり……。

結加の目には、自分を乗せるはずの電車だけが映る。

――――あれに乗って、帰るんだ……。

昔の自分に戻って……。そうしたら、天音に……。大好きな友だちに――――。


――――声が……聞こえる。

「……加……結加、わかる？　聞こえる⁉」

耳に入るのは大好きな友だちの声。

「助かったんだよ、……よかった、よかった……結加ぁ……」

天音の声だ。これは夢だろうか。

身体は動かない。けれど、とても安心できる場所に寝かされている気がする。手があたたかい。天音が手を握ってくれているんだと本能的にわかった。

「結加のご両親もこっちに向かってるって。悪い人も捕まったからね、安心して。でも……本当に、助かってよかった……」

天音が泣いている。結加のために涙を流して、気持ちを寄せてくれている。

――夢でもいい……。

天音の声が聞けた。天音の気持ちを感じて身体に熱がこもっていくのがわかる。まぶたが熱いのはなぜだろう。涙が……流れているような気がする。

――もしこれが夢ではないのなら……。

今度こそ、天音に謝ろう。

また笑いあって、お喋りして、食事をして、お酒を飲んで。仕事の愚痴なんか言いあったりして……。

戻れるだろうか、友だちに。

戻りたい……。きっと、戻れるよね。

――ねえ、天音……。

番外編　友情と、愛情と

「嬉《うれ》しいな～、限定のシュークリーム買えた～」

言葉どおりの嬉しい笑顔で、天音はシュークリームが入ったケーキボックスを両手で支え、大事そうに膝に置いている。

天音が嬉しいと大輝も嬉しい。車を運転中なのであまりよそ見はできないが、チラッチラッと見るだけでも助手席が愛しい天音オーラであふれている。

車を停めてじっくりと笑顔の彼女を眺めたい。そんな誘惑と闘いつつ、大輝は冷静に言葉を出す。

「喜んでくれるといいな」

「喜ぶよ～、結加ね、このシュークリームが大好きなの。めったに買えないから、わたしたちのあいだでは〝幻のシュークリーム〟って言われてたんだから」

天音はシートベルトに阻まれながらも運転席へ身体を伸ばし、運転中の大輝の頬にチュッとキスをする。すぐにシートベルトを直しながら居住まいを正した。

「ありがとう、大輝さん。本当に用意してもらえると思わなかった」

「天音が持って行きたいって言っていたから」

ハハハと笑いながら、大輝は冷静を装う。……が、心の中では盛り上がっていた。

（天音が『買えないかな……買えたら嬉しいんだけど』なんて悩んでるのに、なにもしないわけがないだろう！　ああ、もう、天音の唇が触れた頬が熱いんだが！　溶けそうなんだが！　運転中じゃなかったら唇にしてほしかった‼）

……唇にしていたら、おそらくこのあとの予定がすべてキャンセルになっていたことだろう。

土曜日の昼下がり。大輝と天音が向かうのは、天音の元同僚であり友人である結加が入院している病院だ。

銀行の不正を暴いた天音は、その流れで人には言えない結加の行動まで知ってしまった。逃げるように銀行を辞めて故郷へ帰ろうとした結加だったが、駅のホームで関係者だった暴力団に刺され線路に落ちたのである。

――彼女は、運がよかった。

落ちた身体は線路で転がり、ホームの下に入ったことで電車との衝突を免れたのである。のちに結加は「天音に謝るために、神様が助けてくれたんだ」と言って泣いたらしい。

彼女が直接天音になにかをしたわけではない。それでも、自分が原因で同僚が苦しみ犯罪に手を染めるきっかけを作った。それを知っていて知らんふりをして、長いこと天音を欺き、結加を友人として信頼していた気持ちを裏切った。

彼女は、故郷に帰ったら、一から自分を見つめ直し、昔の自分に戻って、天音に謝りたいと……そう願っていたらしい。

「でも、飯田さんの経過も順調みたいでよかったな」

「うん、ホントよかった。あのね、『天音の結婚式には絶対に行きたいから、頑張って元気になる』って言ってくれてるの。もう、嬉しくて泣いちゃった」

そのときのことを思いだしたのか、天音は涙声になる。

結婚式に出席したいから元気になるなどと言われては、友人冥利に尽きるだろう。天音は、人間関係に恵まれている。

（これは、天音が優しくて素直でかわいいから、自然といい人間関係ができていくんだ。そうに違いない）

大輝はそれを信じて疑わない。

結加の体調に気を遣いながら、天音は彼女の負担にならない頻度でお見舞いに通っている。

実に優しく気遣いのできる我が婚約者に、大輝の愛しさは募るばかりだ。

大輝も数回に一度は顔を出すようにしている。なんといっても大切な天音の大切な友人だ。早く元気になってほしい気持ちがある。

……それに、一緒に病院まで来ていて毎回天音だけを病室へ行かせるのも、彼女の友人を心配していないように思われそうで、天音に拗《す》ねられるのもいやだ。

拗ねた天音も超絶かわいいので、大輝としてはちょっと拗ねてもらいたい気持ちもあったりはする。

——病院に到着し、大輝は天音とともに結加が入院している個室の前に立つ。

天音がコンコンっとノックをすると、中から「どうぞ」と女性の声が聞こえた。

「失礼しまーす。結加〜、来たよ〜」

天音がかわいくおどけながらドアを開ける。刹那、大輝はグッと眉間にしわを寄せた。

（……今回は……大丈夫か？）

この瞬間、大輝の緊張が高まる。天音とともに病室を訪れると、いつもこの不安に襲われるのだ。

（今回は、俺、〝空気〟じゃないかな⁉）

視界に広がる、清潔感いっぱいの病室。天音の姿を見て、いや、声を聞いて、ベッドから飛び出した女性……。

「あまねぇ！」

満面の笑みを湛《たた》え、結加が天音に抱きついた。

「天音、来てくれたの、嬉しい〜。外寒くなかった？　やだー、髪の毛冷たいよ〜」

結加は抱きついたまま天音の髪を撫《な》で、頬擦りしながら身体を揺らしてハシャギ、全身で喜びを表現する。

まるで、飼い主の帰宅を喜ぶ仔犬《こいぬ》のよう……。

「結加、駄目だよ、そんなにくっついたら結加の身体が冷たくなっちゃう。コートは冷たいけど、身体はあったかいから大丈夫」

「やーだ、くっつくっ」

結加は離れることなく天音に抱きついている。甘える友人の背中をポンポンと叩《たた》き、天音は片手に持つシュークリームの箱を掲げた。

「ほら、シュークリーム潰れちゃうよ。今日はね、結加の好きなシュークリーム持ってきたんだよ」

「えっ、もしかして、幻のシュークリーム？」

「ぴんぽーん」

結加がパッと離れると、天音は彼女の前に箱を差し出す。離れても腕を摑《つか》んだままだった結加の手がやっと離れ、箱を受け取った。

「二個入ってるから、今日と明日で食べてね。お腹が元気なら、今日二個食べちゃってもいいけど」

「二個あるの？　じゃあ、天音、一緒に食べようよ」

「駄目っ。これは結加に食べてもらいたくて持ってきたんだから。結加が食べて」

「えー、いいじゃない。一緒に食べようよぉ。あたしだけ食べるのもなんだしさ」

「わたしのぶんも、ちゃんと別にあるから。気にしないで」

「天音と一緒に食べたい〜。じゃあ、半分こ……ん〜、ひと口でもいいからっ」

結加はなかなか引かない。意地でも天音と一緒に食べたいらしい。おまけに妙に甘え上手だ。身長が同じくらいの天音を下から覗《のぞ》きこみ、「お願い」と目で訴える。

友人の願いを袖にできるほど、天音はドライではない。仕方がないなぁと言わんばかりに笑み、「じゃあ、ひと口だけつきあう」と折れた。

「じゃあ、食べよ〜。こっちきて、こっち。フォーク出すね」

結加がウキウキしながら天音をベッドのほうへ引っ張っていくのを見ながら、……大輝は頭をかかえそうになる。

(今日もか……)

大輝は、完全に〝空気〟である。

(俺、やっぱり、飯田さんに嫌われてるな……)

今日に限ったことではない。大輝が天音についてお見舞いにきても、結加は大輝を見ない。見ないというより、そこにいることを意識していない。

特に彼女になにかしたわけではないのだが。なぜ天音の親友にこんなにも嫌われてしまっているのか、大輝にはまったくわからないのだ。

(まあ、天音がいいなら、いいか)

そう諦めるしかない。

天音をベッドサイドの椅子に座らせた結加は、ベッドテーブルに置いた箱からシュークリームをひとつ取りだす。

「本当にひと口でいいよ」

「わかってるってば」

紙皿に置いたシュークリームをフォークでひと口分取り、天音に差し出した。

「はい、あまね、あーん」

「あーん」

まるで恋人同士のようだ。かすかに目元がピクッとした大輝だったが、天音もノリノリで口を開けているので……耐えることにする。

咀嚼《そしゃく》する天音は、シュークリームの美味しさにちょっと目を見開いている。結加がうっとりと息を吐いた。

「天音……本当にかわいい。見てると癒されるなぁ……。あたし、なんで男に生まれなかったんだろう。絶対天音にプロポーズするのに」

ピクピクっと……大輝の口元が痙攣《けいれん》する。婚約者の前で、この発言はいかがなものか。

（……いや、女の子同士のノリのようなものだ。気にすることはない）

婚約者の前……それ以前に、大輝は〝空気〟である。気にされてはいない。

「もー、結加ってば。シュークリーム持ってきたからって、そんなにいいこと言わなくてもいいよぉ」

「だって、並んだんでしょ？　大変だったんじゃない？」

「実はね、わたしじゃなくて大輝さんが……」

――ピクッと、結加の笑顔が引き攣《つ》った気がする。そして間違いなく、一瞬、大輝のほうを見た。

（え？　俺、空気じゃない？）

と、思った大輝ではあったが、そこから話は続かない。話題は逸れ、このあと病室を出るまでの十五分間ほど、大輝は間違いなく〝空気〟だった。


「大輝さん……どうしたんですか……」

「ん……もうちょっと」

不思議そうな天音に構わず、大輝はさらに彼女を抱きしめる腕に力を入れる。天音の柔らかさを堪能しつつ、大きく息を吸って体内に天音の香りを行きわたらせた。

病院の駐車場で車に乗りこんでから、大輝はエンジンもかけず天音を抱きしめ放そうとしない。

自分は空気だとわかっていても、今日はなんだかモヤモヤしてしまった。友人相手にこんなことを思うのもなんだが、天音は俺のものなんだからベタベタするなと思ってしまった。

「俺……心狭いのかもしれない……」

「どうしてですか？」

「……飯田さんに……焼きもち焼いた。あんまり天音と仲がいいから」

こんなことは言わないほうがいいのかもしれない。天音は大輝を落ち着きのある大人の男性と位置づけてくれている。同性の友人と仲良くしていて焼きもちを焼いただなんて、笑われるか呆《あき》れられるだろう。

天音が両手で大輝の頬をはさみ視線を合わせる。キッと睨《にら》みつけられたような気がする。けれど、そんな顔もかわいい。

「大輝さんっ」

「ん？　なんか怒った？」

「好きっ」

天音の唇が重なってくる。いきなりどうしたとは思うが、天音からキスをしてくれるのも「好き」という言葉もとても嬉しい。

「わたしが結加とばっかり話してるから、拗ねちゃったんですよね。ごめんなさい」

そう言ってから、また唇を重ねてくる。チュウチュウっと吸いついてくる唇がかわいくて愛しくて、大輝はここが病院の駐車場だということを忘れそうになる。

──今すぐに押し倒したい気分である……。

「結加なんですけど、意外と人見知りなんですよ。きっともう少し慣れたら、大輝さんのこと〝空気〟にはしないと思いますから。いい子なので、嫌わないであげてくださいね」

なんと……。

大輝が疎外感を覚えていたことを、天音はしっかりとわかっていたようだ。

やはり天音は、優しくて気遣いができて、最高にかわいい。

「わかってる。天音の大切な友人だ。俺も仲よくしたい」

天音がぱあっと笑顔になる。そんな彼女が愛しくて愛しくて、大輝は力強く抱き締めた。

本当に仲良くなれるかはわからないけれど……。

チラつくのは、一瞬引き攣った顔で大輝を見た結加の様子だが……。大切な天音の、大切な友人なら、仲良く……なれると思う。

「大輝さん、大好き」

天音がそう言ってくれる限り、彼女のためになんだってできる。

……と、思いつつ、友情の中に上手く愛情を含ませる飯田結加が、男じゃなくてよかったと、真剣に考えてしまうのである。

END

あとがき

三年ぶりの蜜夢文庫です！

刊行が決まったときは、なんだか懐かしくて嬉しかったです（笑）。

蜜夢文庫の作品は、たいてい電子書籍（らぶドロップス）で配信されてから文庫化されるものが多いのです。この作品も例にもれず、なのですが、電子ですでにお読みくださっていた方が一番気にしたのは、ラストの展開、ではないかと思います。

【ここからはネタバレです。あとがきを先にお読みになっている方、ネタバレ許さん派の方、回れ右です‼】

電子の内容ともっとも違うのはラストの展開、そして番外編が入ることによって、結加のその後がわかることですね。

電子では非常に後味悪く終わったので、それを払拭できていれば幸いです。

このラストをどうして電子で入れなかったのか。あえて入れなかった、が正しいです。あのラストにすることによって、〝その先〟を読者の皆様に想像してほしかったんです。私自身、余韻が残るラスト、というものが好きで、「えっ！　ここで終わるの⁉」という作品にあたると、ゾクゾクするんですよ（変な人じゃないです）。この続きを自分で想像できるんだと思うと、楽しくなるんですよね。もちろん、ハッキリさっぱりしていないといやだという方も多いでしょうから、電子版のラストはちょっと冒険でもありました。あっ、蜜夢文庫の電子版はこのままのラストになっておりますので、ご安心ください。

今回、はじめましての担当様でした。いろいろとお気遣いくださり、ありがとうございました！　イラストをご担当くださいましたｙｕｉＮａ先生、大変色気のある表紙や素敵な挿絵の数々、ありがとうございました！　滾る愛情を抑えきれず車を叩いて打ち震える美丈夫イケメンヒーロー、好みすぎて最高にツボりました！

本作に関わってくださいました皆様、見守ってくれる家族や友人、そして、本書をお手に取ってくださりましたあなたに、心から感謝いたします。

ありがとうございました。またご縁がありますことを願って――――。

幸せな物語が、少しでも皆様の癒しになれますように。

令和四年十一月／玉紀　直

あなたの声が私を蕩かす
もっと気持ちよくしてあげる

聖人君子が豹変したら意外と肉食だった件

黒田うらら［画］

自宅に帰れない OL を元 IT 社長がお持ち帰り！?

〈あらすじ〉「貴女が欲しくて、堪らないのです……」。ワケあって自分の部屋に帰れない桃香（25 歳）は、小料理屋で酒を飲み過ぎて泥酔。翌朝、見知らぬ豪華マンションの一室にいた。彼女を保護したのは、15 歳年上の謎多き男性、雄大。彼は、桃香に毎朝目玉焼きを作ってもらうことの見返りとして自宅の一室を提供するという。騙されてる？ 桃香の心配にもかかわらず、雄大は気遣い上手で穏やかな聖人君子のごとき男だったのだが……。